D E A R + N O V E L

溺れる人魚

いつき朔夜
Sakuya ITSUKI

S H I N S H O K A N

溺れる人魚

目次

イラストレーション／北上れん

溺《おぼ》れる人《にん》魚《ぎょ》

眞生《まき》は水着の上にパイルのパーカーを羽織って、講師控室《ひかえしつ》のドアからプールサイドに出た。

ごくオーソドックスな水色に塗られた五十メートルの室内プールは、白と赤の浮きロープで六つのコースに区切られている。高い天井《てんじょう》はプールよりやや淡い青で、音が反響するせいもあってか、南国の明るい海底にでもいるような気がする。

土曜日の今日は、午前中に幼児のレッスンがあるが、眞生はその時間にクラスを担当していない。午前の部が終わってから出勤して、掃除や準備をするのが常だった。

正午から三時間は、マスターズと呼ばれる成人会員専用の時間帯だ。幼児クラスの間も、午後三時からの小中学生クラスの間でも、六つあるコースのうち一つはマスターズのために空《あ》けてある。

だが、子供たちの親がギャラリーに鈴なりになっている前で泳ぐのは気詰まりと見えて、その時間帯にくる会員はまずいない。そして昼食時間にかかるせいか、午後一時ごろまでプールはほとんど無人になる。

客のいない今のうちに更衣室《こういしつ》の掃除をしておこうと、眞生は青いイルカのステッカーが貼《は》られたドアを開けた。

内部のクリーム色の壁にも、青いイルカと水玉の絵が描いてある。入ったことはないが、女子更衣室の装飾は、やはりドアと同じピンクのイルカだそうだ。

右手の洗面台にはドライヤーが三つ備えられていて、その前に置かれた籐《とう》のスツールも三つ。

手前には体重計。左手にシルバーグレイのロッカーが並んでいた。

奥の掃除道具入れからワイパー式の器具を取り出し、中腰になってリノリウムの床を拭《ふ》く。

ほぼ拭き終わったとき、廊下に面した引き戸ががらっと開いた。目の高さに、色褪《いろあ》せたジーンズに包まれた長い足があった。

振り仰《あお》ぐと、二十代半《なか》ばのすらりとした男だった。むらのない小麦色の肌《はだ》にくっきりした切れ長の目、薄い唇。険のある美貌《びぼう》になりそうなところを、目からやや離れた眉《まゆ》と広い額が和《やわ》らげている。派手なTシャツにファーのついたレザーのジャケットを羽織って、肩まで届きそうな髪は金褐色《きんかっしょく》だ。一見して水商売の雰囲気がある。

眞生も現役の水泳選手だったころは、カルキで髪が赤くなっていた。今は毛先にだけその色が残っている。だが男の髪は根元から毛先まで艶《つや》やかで、色を抜いたとか傷《いた》んだとかいうものではなく、ヘアサロンで染めたものと見えた。

男はちょっと身をかがめ、その派手な容姿に似合わぬ深味のある声音で問いかけてきた。

「ここ、ロッカーは自由に使っていいの？」

眞生は腰を伸ばして説明した。

「ええと、名札の入ってるところは会員さんが年間契約で借りてるんで。……あの、入会されるんですか？」

男はあっさり否定した。

「いや、今日は『お試し』で」

それなら、と眞生は奥の方を指さした。

「そこが一つ空いてます。それとそっちの——」

最後まで聞かずに、男は最初に示されたロッカーの前に行き、さっさと着替え始めた。

無造作にジャケットを脱ぎ、ばっとTシャツを捲《まく》り上《あ》げる。むき出しになった背中は思ったより筋肉質で、しゃんと伸びていた。

男がジーンズに手をかけるのを横目に、眞生は掃除を切り上げて、再びプールサイドに出た。

今度はギャラリーのガラスをスクイーズで拭く。向こう側からも、女の事務員が雑巾《ぞうきん》で磨《みが》き始《はじ》めた。

ふと、ガラス越しに事務員の目線が眞生を飛び越してプールの方を向いているのに気づいた。眞生は髪を引っ張られたように、肩ごしに振り返った。

さっきの男が水面に顔を出している。長めの茶髪が水泳帽の下からはみ出して、水面に裾《すそ》を広げていた。

男は、やや斜《なな》め後ろを向いたまま前進し始めた。

その首がほとんど動かないことに、眞生は不審を覚えた。沈《しず》むことも、息継ぎのために左右に振られることもない。なのに頭部は一定のスピードで移動していく。

たしかに泳いでいるのだ。

眞生は思わず手を止めて、男の動きを注視した。水面に手足が出て来ない。従って、水しぶきも上がらない。

クロールでも上級者になると、バシャバシャしぶきが上がることはない。だが、男の泳ぎはそれともまた違っていた。

ようやく眞生は思い当たった。

——あ。古式泳法？

たしか「水術」ともいうのだ。新年のテレビ番組で見たばかりだった。

戦国時代の武術に由来するもので、速さではなく型の美しさや優雅さを競《きそ》うのだそうだ。テレビに出ていた選手は、顔がほとんど後ろを向いていて、膝《ひざ》と足首の角度が深かった。

この男のそれはもっと自然で優美だ。流派が違うのだろうか……。

我に返ったのは事務員の方が先だった。ガラスをコンコンと叩かれて、眞生も慌てて拭き掃除に戻った。

それでも目だけはちらちらと、真ん中のコースで悠々《ゆうゆう》と泳ぐ男に向いてしまう。

五十メートルを十回も往復しただろうか。男は入り口に遠い端からプールサイドに上がり、帽子をとってぶるっと頭を振った。そのまま奥のサウナへ向かう。

彼と入れ替わりのように、七、八人の女性が女子更衣室から出てきた。色とりどりの水着に身を包んだ姿は遠目には華《はな》やかだが、じつはみないい年だ。

彼女らは、めざとく眞生を見つけた。一人が嬉しそうに手を振って呼んだ。

「マキちゃあん」

眞生は聞こえないふりでスクイーズを動かす。

「だめだめ、トメさん。カレ、マキちゃんなんて呼ばれるのがイヤなんだから」

「それじゃあ、『兄ちゃん』かね」

眞生は振り向いて、ここぞとばかり切り返す。

「そんなシワシワの妹なんか、おるわっきゃなかろうもん」

老女たちは、きゃっきゃっと少女の声で笑った。

眞生も片頬でにやっと笑う。この天真爛漫《らんまん》な老女たちの前では、お国なまりも気にならない。それどころか、ウケ狙いで誇張《こちょう》してみたりもするくらいだ。

眞生の方言は、笑い者になるほど泥臭《どろくさ》くはない。むしろ東京弁よりテンポが速く、シャキシャキしている。

けれどそこが問題だった。こちらはそんなつもりはないのに、東京ではケンカ腰に感じられるらしい。

おまけに「男がへらへら笑うものではない」という時代がかった家庭教育のおかげで、いかつい顔だちでもないのに強面《こわもて》に見られてしまう。

向こうが敬遠するのと自分がシャイなのとで、大学では未だにろくろく友人もいない眞生だった。

やがてサウナから出てきた男は、ドアの前のシャワーをざっと浴びてからプールに向き直った。もう一度泳ごうとした、らしい。だが、いつのまにかプールが老女たちで埋《う》まっているのを見て、ぎょっとしたように目を瞬《しばたた》いた。

わずかにためらってから、彼はそのままプールサイドを歩いてきた。そしてデッキチェアから自分のバスタオルを取り上げると、更衣室へ消えた。

青いイルカのドアが後ろ手にぴしゃんと閉められたとき、眞生は奇妙な喪失感《そうしつかん》をおぼえた。さっきの見事な古式泳法を、もっとゆっくり見てみたかった。

泳法だけではない。いかにも都会的な風貌《ふうぼう》にも興味を惹《ひ》かれたのだ。

——いったい、どういう人なんだろうな。

眞生は事務室から担当の生徒たちのカードを持ち出し、プールサイドのデッキチェアに腰を下ろして、記録の整理にかかった。

そのうち老女たちは、一人また一人「お先に」と声をかけ合い、上がっていった。

午後三時。

ようやく出番が来た。眞生は学生アルバイトの身でありながら、選手を育成するクラスの担当をしている。経歴を買われてのことだった。

年齢に関係なく、技量だけでクラス分けされている子供たちは、下は九歳から上は中学三年

生まで いた。高校からは、この桃園《ももぞの》スイミングが傘下《さんか》に入っている大手クラブに移籍するのが普通だった。

プールサイドの奥側に体育座りしている子供たちは、ギャラリー寄りの一般クラスのメンバーとは面構《つらがま》えが違う。よく「瞳が輝いている」などと言うが、無心というより貪婪《どんらん》な光だ。その目に見つめられると、眞生のうちにも、遠ざかっていた熱が漲《みなぎ》ってくるような気がする。

準備体操とシャワーを終えると、眞生は先《さき》だってプールに飛び込み、ふだんは低い声を高く張り上げた。

「全力十本！　始めっ！」

バシンと重い音をたてて水面を叩く。一本の糸で繋《つな》がれてでもいるように、少年少女たちは次々と飛び込んで力強く水を掻《か》く。

派手な水しぶきとくぐもった喚声《かんせい》の中で、眞生はふと、ひどく静かだったあの男の泳ぎを反芻《はんすう》していた。

桂《かつら》はざっと体を拭くと、体重計に乗った。体脂肪《たいしぼう》やＢＭＩ、基礎代謝まで表示される機種だ。

スイッチを押すと、細かな数字が印字された紙片が出てくる。桂はそれをちぎりとって眺《なが》め、笑みを浮かべた。桂にとって、自らの肉体は重要なアイテムだった。

成長期が終わるとともに、人間の体は衰《おとろ》え始《はじ》める。バランスのとれた無駄のない肉体美を維《い》持《じ》するためには、それなりの努力が必要だ。だから、昔とった杵柄《きねづか》で水泳でも始めようと思って来てみたのだが。

捕食動物の習性で、本来の目的とは別に、つい獲物を探してしまう。

目に焼きついたのは、生真面目《きまじめ》な和風の顔だ。眦《まなじり》が切れ上がっているのが昔の若武者のようで、ストイックな色気を感じた。筋骨たくましいというわけではないが、アスリート特有の緊張感のある細身にも、ふるいつきたくなるような魅力があった。

パーカーに隠れていた胸の飾りはどんなだろうか。色白のすらりとした足からして、コーヒー色のぽってりした乳首ということはないだろう。淡い樺色《かばいろ》、それともくすんだ朱鷺色《ときいろ》か。舌でこねているうちに、硬く勃《た》ち上《あ》がってくる——。

鏡に向かってドライヤーを使いながら夢想しているうち、ふと気になった。

「生徒じゃないだろうな」

自信なく呟く。彼は、高校生くらいに見えなくもなかった。しかし、掃除をしていたのだから従業員のはず……。

桂はドライヤーを切り、手櫛《てぐし》で艶《つや》やかな髪を整えた。

――そこは確認しておかないと。

気に入った相手なら、性別も年齢も問わない桂だが、子供に手を出すほど馬鹿ではないし不自由もしていない。

それでも、「あの子が高校生なら残念だな」と思うほどには、惹かれるものを感じていた。

着替えて玄関に出ていくと、さっき「お試し」を受けつけてくれた陰気くさい事務員が、散らばったスリッパを片付けていた。

桂はさっと腰をかがめ、それを手伝いながら耳打ちした。

「ここ、レベル高いですね」

「は？」

「従業員のレベルですよ。うちも客商売だからわかるんですけど、受付は施設の顔ですからね。特に感じのいい、よく気のつく人でないと」

真顔で言い、目を細めるようにして微笑《ほほえ》みかける。

相手は真っ赤になって、さも忙しそうに背を向けたが、引き締めた唇が今にもほころびそうなのは見てとれた。

臆面《おくめん》もない言葉ほど、照れやきまり悪さをねじ伏せて本気で言わないと効果がない。自分に嘘がつけなくて、人を騙《だま》せるものでもないのだ。

受付ブースに戻った事務員に向かって、桂はちょっと首をかしげ、口を尖《とが》らせた。そんな表情をすると年齢より子供っぽく見えることは承知している。

「だけど、インストラクターの質はどうなのかな。すごく若い人がいるでしょう、高校生みたいな」

「ああ、羽角《はずみ》くんのこと」

相手は肩から力が抜けた様子で、にわかに口がほぐれてくる。

「たしかに学生アルバイトですけれど、なかなかの経歴の持ち主なんですよ。都南《となん》大学の水泳部員で、高校時代は国体まで行ったんですって」

こういうタイプの女は、自分のことではない方が気楽にしゃべれるのだろうが、個人情報保護も何もあったものではない。

桂は内心やれやれと苦笑しながら、無邪気に感嘆《かんたん》した。

「そうなんですか！　すごいなあ。そういう人のいるクラブなら間違いはないかな。会員になる手続きは……入会金と一ヵ月ぶんの会費をお払いするんでしたっけ」

カードを取り出して見せると、相手はいそいそと入会申込書や振替依頼書を出してきた。窓口で記入する桂の手元を見ながら、事務員はさらにおまけをしてくれた。

「彼、このあと三時から育成クラスを教えるんですよ。平日は夜だけですけど」

ありがたいが、『ハズミくん』とやらにばかり、あまり興味ありげなのもまずいだろう。

「で、あなたはいつも受付に？」

上目遣《うわめづか》いに訊《き》き返《かえ》すと、事務員は「ええ、まあ」と髪に手をやった。

「よかった。よろしくお願いしますね」

にこりと微笑む。この女はターゲットではないが、これからも有益な情報をもたらしてくれるかもしれない。愛想《あいそ》よくしておいて損はないというものだ。

桂は新作ゲームの封を切る昂揚感《こうようかん》に包まれて、足取りも軽く玄関前の階段を駆け下りた。


次の週の土曜のことである。

担当クラスの子供たちをコースに向かって一列に並ばせていると、青いイルカのドアが開いた。出てきたのは、高い背、小麦色の肌《はだ》に金褐色の髪。あの古式泳法の男だった。

彼は子供たちの好奇の目をよそに悠々とシャワーを浴び、第四コース——眞生の隣にまっすぐ来て、足先から軽快に飛び込んだ。

——そうか。ギャラリーを気にしなけりゃ、コースを独占できるもんな。

この間のことで懲《こ》りたのに違いない。マスターズ用のコースが常に空《あ》けてあることは、事務の女の子が教えてやったのか。

もう一度見てみたいと思っていたあの泳ぎが見られると思うと、どきどきする。子供たちにマニュアルどおりの指導をしながら、眞生は隣で泳ぐ男にも注意を向けた。

男はゆっくりと体を浮かべた。くいと頭を上げ、水を愛撫《あいぶ》するかのように両手をクロスさせる。足は、平泳ぎの形を横に倒したような動きだが、もっと何というか……美しい。力強さと優雅さを兼ね備えた動きから、目が離せない。足全体がまるで魚の鰭《ひれ》のようだ。

ふと気づくと、ガラスの向こうのお母さんたちの視線もわが子から離れて、この男に集中している。

――ロコツだなー。

眞生は苦笑した。

おかげで自分は見られなくて助かるが、いつもはもっと視線が来るのだ。ガラス越しだと自分が見ていることに気づかれないとでも思うのか、不躾《ぶしつけ》な視線を感じることもある。身につけたものは、尻《しり》のラインや前の膨《ふく》らみもあらわな競泳用水着一枚。よく考えたら、服を着たままの女たちの前でそんな格好をさらしているのは、相当に恥ずかしいことではないだろうか。

そのとき、ギャラリーとは反対側から、舌打ちのような音がした。反射的にそちらに目をやる。第六コースで育成のBクラスを教えている田沢《たざわ》が、眇《すが》めた目を第四コースに注いでいた。田沢は三十くらいの独身で、ママさんキラーを自認する男だ。

送迎バスを使わない親子は、ほかの生徒が帰ってしまってものんびり居残っていることがある。そんなとき、田沢はいそいそ着替えてギャラリーに行く。そして、子供そっちのけで母親と親交を深めるのだ。人目につくところだし、子連れで不倫《ふりん》もないだろうと思うが、見ていてあまりいい気分はしない。

田沢は、たしかに顔だちは悪くない。エラが少々張っているのも、男らしい魅力と言えるだろう。だが、あの男とでは比べものにならない。今日は誰も田沢を見ない。

眞生は溜飲《りゅういん》が下がる思いで口もとを緩《ゆる》めた。その気配に気づいたのか、田沢はむっとした顔で睨《にら》みつけてきた。

眞生はそ知らぬふうで、目の前を通過する小さな足を摑《つか》んで引き止めた。

「そうじゃない。足の甲で水を捉《とら》えるんだ。足首が曲がってるぞ」

ぺちっとふくらはぎを叩いてやる。不服そうな顔を水から突き出した生徒が、いきなり要求を突きつけてきた。

「じゃあさ、先生がお手本見せてよ」

「え」

虚《きょ》を衝《つ》かれて、眞生は言葉に詰まった。自分にそれができない事情は、マネージャーやコーチ仲間には伝えてあったのだが。

隣のコースから田沢が口を挟《はさ》んできた。

「羽角先生は教えるだけ。自分じゃ泳がないんだよ」

泳ぎを止めた生徒たちから、なんでー、と不満そうな声が上がる。

田沢はずけずけと言い放った。

「なんたって元国体選手だからな。うちみたいな弱小クラブで披露《ひろう》するのはもったいない、と」

その言い草に棘《とげ》を感じて、眞生はややきつい声で遮《さえぎ》った。

「田沢さん」

相手はへらっと笑った。

「悪い。冗談、冗談」

そして内緒話でもするように口もとに手を当てる。

「あのな、羽角先生は今ちょっと足を悪くしてるんだ。水を蹴っても痛むんだってさ」

ふうん、と子供たちはつまらなさそうに鼻を鳴らし、再び泳ぎ始めた。

上がり五分前のチャイムとともに、子供たちは歓声を上げて、ビーチボールや浮き輪を取りに走った。未来のオリンピック候補でも子供は子供、自由遊泳の時間は何より楽しみなのだ。

そのとき目の隅に、プールから上がるあの男の姿が映《うつ》った。この後の更衣室の混雑を予想してか、今日はサウナにも入らずさっさと退場していく。

眞生はその後ろ姿をぼうっと見送った。誰とも組まず競わず、ただ一人で気ままに泳ぐ男が、なんだかうらやましかった。

指導記録をつけ終わり、着替えて玄関に出ていくと、受付のところにあの男がいた。最初に見たときと同じような身なりで、頭にはモスグリーンのニット帽をかぶっている。生《なま》乾《がわ》きの髪をその下からはみださせ、受付の窓口越しに事務員と何か話し込んでいた。髪をひっつめにして洒落《しゃれ》っ気《け》も愛想もない女が、彼を前にして頬を上気させている。ふだんとは別人のように甘やかな表情だ。

——やっぱりキラー度は田沢より上か。

妙な話だが、間接的に仇討《あだう》ちしてもらったような気分になった。

玄関から十段ほどの階段を降りたところに眞生は自転車を止めている。そのハンドルに手をかけたとき、背後から声をかけられた。

「羽角先生？」

反射的に「はいっ？」と応じて振り向く。

いつのまに降りてきたのか、古式泳法の男がそこに立っていた。

男は一瞬合わせた目を微笑ませたかと思うと、いきなり眞生の足元にしゃがみ込んだ。

「悪いのはどっちの足？　かなり痛むの？」

プールでのやりとりを聞いていたのか。だとしても、それを訊いてどうするつもりなのか。とまどって突っ立っていると、相手は腰を伸ばして立ち上がった。

外光のもとで正面から見れば、身なりや髪型のわりに落ちついた大人の男だとわかる。二十代半ばと見たが、ひょっとすると三十に近いのかもしれない。

「ね、どっち?」

旧知のように馴れ馴れしく訊かれて、眞生はたじたじとなった。

「……右です」

「利《き》き足?」

「はあ」

「診断はついてる?」

矢継ぎ早に問い掛けてくる。すっかり相手のペースだ。

いえ、と首を横に振り、

「原因もわからないままで」

男は、ふうん、と顎《あご》を撫《な》でた。

「西洋医学の限界だね」

眞生は思わず口走っていた。

「――宗教の人?」

相手は吹き出した。

「えー。僕ってそっち系に見える?」

くねっと体を揺らす。

絶対見えない。どちらかというとあっち系だ。いわゆるオカマさん。それともホストか。

疑わしい思いで上目遣いに睨む。

すると男はぴしっと背筋を伸ばし、はきはきと言った。

「そういうのは、東洋医学の方が得意分野だと思っただけ。科学を否定するつもりはないよ」

ひと呼吸おいて、

「あ、僕、べつに怪しい者じゃないから。鍼灸院《しんきゅういん》をやってるもんでね」

「シン、キュウ？」

おうむ返しに訊き返す。耳に慣れない言葉だ。

相手は肘《ひじ》でぐりぐりと、空中に横たわる人間を揉むしぐさをしてみせた。

「鍼《はり》を打ったり、マッサージとかも」

ああ、その鍼灸、と眞生はうなずいた。

「名称としては『治療院』なんだけど」

そう言って、懐から名刺を出してきた。

つられて手を差し出す。うっすら緑がかった和紙ふうの札に、毛筆体の印字で『未病《みびょう》治療院・月桂樹《げっけいじゅ》』とあった。なんだか喫茶室のような名前だ。その下には、『桂貴聖《たかまさ》』という、こちらは手相見のような名前がある。裏を返すと略図があって、大学の近所だとわかった。眞生のアパートからも遠くはない。

桂という男は、両手をポケットに突っ込んで眞生の顔を覗《のぞ》き込《こ》んできた。

「一度来てみて、ねっ？」

やっぱりホストが営業でもするような調子だった。


名刺を渡されてから三日後の午後、眞生《まき》は講義の空《あ》き時間を利用して桂《かつら》の治療院とやらに行ってみることにした。

桂という男をどことなくうさんくさく思いながらも受診《じゅしん》する気になったのは、早い話が痛みに負けたからだった。

その痛みは、去年の夏の終わり、突然始まった。親指と足首を結ぶライン上に、一箇所「触ると痛む」スポットが出現したのだ。

初めは、どこかにぶつけるか捻《ひね》るかした跡が過敏になっているのだと思った。外傷《がいしょう》はないのだから、いずれ治まるだろうと。

しかし、そっとしていれば何でもなくても、刺激があれば痛みは確実に襲ってきた。それはほんの軽い――たとえば、こつんと鉛筆が当たったくらいの接触でも起こるのだ。

そのうち、不定期に焼けつくような痛みを感じるようになった。さすがに心配になって病院に行ってみたが、個人病院から総合病院、大学病院の外科から整形外科、神経科まで回されても、病名が告知されることはなかった。レントゲンにもＭＲＩにも何も映《うつ》らないというのだ。

インカレを前にして、原因不明の足の痛みで部を休むと言い出したとき、眞生は仲間や先輩の目の中に、あからさまな不信を見てとった。

「仮病」。口に出して言わずとも、表情が、まなざしが、ちょっとしたしぐさがそう語っていた。

眞生が特待生であることも、しこりを生んだのかもしれない。東京の有名大学に授業料免除で行けると決まったときは、親に負担をかけずに進学できると嬉しかったが、それだけにプレッシャーもかかる。

エースが斃《たお》れたら自分の出番が来る。そう喜べるほど自己中なチームメイトたちではない。ナンバー2がナンバー1に繰り上がるということは、チームの弱体化を意味する。それゆえの怒りと猜疑《さいぎ》だった。

周囲のそうした対応が妬《ねた》みや僻《ひが》みによるものなら、かえって眞生は傲岸《ごうがん》にかまえていられただろう。私情ではないことがわかるからこそ、いっそういたたまれなかった――。

眞生はゆっくりとペダルを漕いだ。はずみでどこかにぶつけたらと思うと身がすくむ。

このごろは何をするにもおっかなびっくりで、すべてに消極的になってしまっている。そんな自分が歯痒《はがゆ》く情けない。

大学からものの十分ほどで、名刺の住所に着いた。いわゆる高級住宅街の一画だ。

目指す治療院は、二階建ての大きな洋館だった。名刺と同系色の淡い緑の壁に焦《こ》げ茶《ちゃ》の木枠《きわく》がアクセントになっていて、名前のイメージどおり喫茶店《きっさてん》か隠れ家《が》的な料理店を思わせる作りだ。葉の落ちた大きな木が、クラシックな門扉《もんぴ》を守るようにそびえている。綺麗に手入れされてはいるが、かなり古い家のようだ。

洒落《しゃれ》た構えと時代色に気後れを感じながら、眞生は「診療中」の札のあるドアを押した。吊《つ》り下《さ》げてあったカウベルが、カランコロンとのどかな音を立てた。

広い玄関ホールには、冬の午後の日差しが斜《なな》めに差し込んでいる。眞生はスリッパに履《は》き替《か》えて上がった。

正面のカウンターの内側には白いエプロン姿の若い女がいて、「ご予約は入ってますか」とにこやかに問いかけてきた。

どぎまぎしてしまった。桂の第一印象から「病院にかかる」という感覚ではなくて、予約の必要があるとも考えつかなかったのだ。

言いわけがましく口ごもる。

「予約っていうか。桂さんに、来てみるように言われてて」

――「桂先生」と言うべきだったかな。

口に出した後でそう気がついた。しかし、あの男にはどうも「先生」という呼称が似つかわしくない……。

受付の女は会釈《えしゃく》して奥に引っ込んだ。すぐに出てきた彼女は、カウンターに近いコーナーを示した。

「そちらでお待ちください」

この待合室には観葉植物と低いパーティションがうまい具合に配置されていて、待っている患者《かんじゃ》同士がまともに顔をつきあわせないような工夫がされている。マガジンラックには、ダイエットやアロマテラピーの本が並んでいた。

曲名は知らないが、どこかで聞いたことのある、ゆったりした音楽が流れている。

示されたコーナーのソファに腰を下ろし、もの珍しく見回しているところへ、さっきの女が小さなカップで紅茶を出してきた。

「あ、どうも」

ぎこちなく会釈して、カップを取り上げる。立ち上る匂《にお》いは、眞生の知っている普通の紅茶とはどうも違うようだ。いっそう場違いな気がして、眞生はもぞもぞと尻《しり》を据《す》え直《なお》した。少なくとも、桃園《ももぞの》スイミングのお婆《ばあ》さんたちはこういう治療院には来ないだろう。

二十分ほども待っただろうか。

横手のドアががちゃりと開いて、顔色の悪い若い女が出てきた。斜めに後ろを振り向き、

「ありがとうございました」と頭を下げる。

患者を送って待合室に出てきた桂は、艶《つや》やかな金褐色《きんかっしょく》の髪を首の後ろできつく括《くく》って、スタンドカラーの白衣を着ていた。

眞生は、「ホストみたい」という第一印象を修正した。今日の桂は、アメリカのTVドラマに出てくる若い医者のようだった。

桂は目だけで眞生に微笑《ほほえ》むと、その背後の席に向かって丁重《ていちょう》に声をかけた。

「こちらから治療をお勧めした方なので、お先にいいですか」

そこには眞生より前から待っていた客がいたらしい。やや年かさの女が衝立《ついたて》の陰から顔を出し、こちらにちょっと会釈した。

「どうぞお先に。ちょうどいいわ、この雑誌を読みおわりたいから」

その鷹揚《おうよう》なもの言いに、客層がいいなと感じた。ひょっとすると、ここの施術料《せじゅつりょう》はすごく高いのかもしれない。眞生は心配になってきた。

「じゃ、羽角《はずみ》さん、どうぞ」

桂に促《うなが》されて立ち上がったものの、もじもじしてしまう。

「今日は診《み》るだけですから、そのままでこちらへ」

愛想《あいそ》のいい微笑みは、医者というより美容師かエステティシャンのようでもある。

ドアを支えて呼び込まれては、今さら逃げるわけにもいかない。眞生は「保険が利《き》きますように」と祈る思いで踏み込んだ。

診療室は、カウンセリングルームの趣《おもむ》きがあった。深緑のレザー張りの椅子が二つ向かい合っているのは、事務机ではなく樫《かし》の丸テーブルだ。

桂が奥の椅子に座ったので、眞生は手前に腰かけた。

テーブルにファイルを広げ、細かに既往《きおう》を聞き取った桂はあっさりと命じた。

「靴下《くつした》を脱《ぬ》いで足をここへ」

白衣の膝を示されて、眞生はたじろいだ。

——診察台に載せるとかじゃないのか。

励《はげ》ますようにうなずかれて、おずおずとテーブルの下から足を差し出す。

桂はしげしげと眺《なが》め、病気とは無関係の感想を漏らした。

「——水泳選手なのに色が白いんですね」

高校時代も、同級生から似たようなことを言われたものだ。

「室内でしか泳がないので」

ぶっきらぼうに聞こえはしなかったかと、急いで補足する。

「遊びで泳ぐ時間はないんです。だから海とか遊園地のプールとかには」

桂は「ああ」と合点《がてん》して、もう一度目を落とし、患部《かんぶ》に顔を近づける。男にしては長い睫毛《まつげ》が足にくっつきそうだ。どうにも居心地が悪い。

桂は顔を上げて訊《き》いてきた。

「触っていい？」

気をつけますから、とつけ加える。眞生はあいまいにうなずいた。

そういえば、いろいろな病院にかかったが、じっさいに足を触ってみる医者はあまりいなかったと思い当たる。

角度を変えて何枚もレントゲンをとり、ＭＲＩにかけ、血液だの何だのを採っても、「痛む」という場所に直接触れてきたのは、下町の小さな外科の老医師だけだったのだ。

しなやかな長い指が皮膚《ひふ》の表面を滑《すべ》る。乾《かわ》いて温かい指だ、とわかる程度の触れ方だった。眞生はいくらか緊張を解いた。

それでも、少し力を加えられるとずきりと痛む。眉《まゆ》がぴくっと引《ひ》き攣《つ》るのがわかった。桂はすぐに圧迫を弱めた。

眞生は面目《めんぼく》ない思いでうつむいた。「これっぱかりでそんなに痛いものか」という顔をされると思ったのだ。

だが桂は、心からの同情のこもった声音で、「ああ。相当に痛いんですね」と呟いた。

驚いて顔を上げた眞生を、桂もけげんそうに見返してくる。

「君は我慢強そうだから、そんな顔をするならよほど痛いだろうと思ったんですけど？」

「信じるんですか」

反射的に口をついて出た。

桂はさらりと言い返す。

「患者を信じなくて治療ができますか」

そしてすぐこう付け加えた。

「君も僕を信じてくれなくてはね」

優しい微笑みを浮かべてうなずき、やわらかく親指を当ててきた。そのままじっと触れている。

ぬくもりがじわじわと浸透《しんとう》してくる。押さえられたときの痛みが消え、鈍《にぶ》い自発痛までが軽くなるようだった。

眞生は吐息《といき》をついた。

「なんだか……少し楽です」

桂はおどけた調子で切り返す。

「ハンドパワーなんか信じちゃだめですよー」

「いえ、ほんとに」

桂はもうコメントせず、いたって真剣な顔でしばらく手を当てていた。

やがて手を離し、ファイルに何か書き込んでいたかと思うと、ぱたんと閉じて、

「わかりました」

「えっ」

眞生は目を瞠《みは》った。ただ触れただけで病気がわかるなんて、ハンドパワーどころか心眼でもあるのだろうか。

「ああ、ごめんなさい。そうじゃなくて」

桂は慌てた様子でひらひらと手を振った。

「原因はわかりませんが、これは寒冷が悪く作用しているように思います。温熱療法を試しましょう。今日はこの後に時間がとれますか。少しでも早く楽にしてあげたいので」

その熱心な口ぶりに、眞生は釣《つ》り込《こ》まれるようにうなずいていた。

「ではこちらに」

桂は立って行って、背後のアコーディオンカーテンを開いた。そこは施術室になっており、窓を頭にして二つのベッドが並んでいる。その間を衝立で仕切ってあって、病院というより学校の保健室に似た空間だった。

奥のベッドを示されて、眞生は小さな四角い枕《まくら》に頭を載せ、身を横たえた。太陽灯というのだろうか、銀色のカップ状のランプが足の甲に向けてセットされる。

桂はスイッチを入れてタイマーをかけた。そして足元から声をかけてきた。

「うちはアロマもやってるんです。直接痛みをとるわけではありませんが、気持ちが落ち着きますよ。僕が適当にセレクトしていいですか？」

よくわからないまま、眞生は「お願いします」と返した。

「楽にしててくださいね」

そう言い置いて、桂は出て行った。

すぐに、さっきの女性が診察室に入った様子だった。穏やかで愛想のいい声が、今度は女性患者に向けられている。相手もおっとりした受け答えをしているようだ。

眞生は心地よい眠気に襲われた。程度の差はあれ、寝ても覚めても離れなかった痛みが、じんわりと温められて軽くなっている。いつ鋭い痛みが襲ってくるかわからない、という不安なしに休めるのは久しぶりだ。アロマの香りもＢＧＭも、神経の節をほどくような快《こころよ》さだった。

どのくらいうとうとしただろうか。何かが神経に障《さわ》った。

媚《こ》びるような響きのある女の声。それに応《こた》える男の声はふてぶてしく、妙な艶《つや》があった。やがてそれは人の言葉を離れ、旋律に絡みつくように高く低く断続する……。

ふと、誰かが耳もとで妖《あや》しい吐息《といき》をついた気がして、眞生はうーんと唸《うな》り、眉を寄せてもぞもぞと身動きした。

衝立がカタンと動き、「羽角さん？」と呼びかけられた。それではっきりと目が覚めた。

何か夢を見ていたらしい。

「あ、俺、寝てたんですか……」

眞生が慌てて身を起こすと、桂はおかしそうに含《ふく》み笑いを漏らした。

「寝るために通ってきますか」

真面目な顔になり、こう提案してきた。

「そう……週に二回か、一回でも。土曜日以外は朝の十時から夜八時までやってますから、大学の講義の合間にでも来れるでしょ？」

眞生はちょっと考えて、「そうします」と答えた。たとえ治療費がかさんでも、痛みから解放される望みがあるなら桂に賭《か》けてみたかった。

だが受付で告げられた金額は、歯医者にかかる程度のものだった。眞生はほっと胸を撫《な》で下《お》ろした。

「お大事に」という決まり文句に送られて外に出る。帰り道、ペダルを踏む足はいつになく軽かった。


三度目の受診日のことだった。

玄関を入るなり、怒号が耳に飛び込んできた。

「俺は十一時に予約を入れてたんだ。それをなんだ？　もう十二時だぞ。何のための予約だ！」

中年の男が仁王《におう》立ちになっている。

その前に立つ桂は、わずかに眉をひそめ、鼻孔《びこう》を膨《ふく》らませた。

「もしかして待合室で煙草を吸われました？」

男はなおさら居丈高《いたけだか》になった。

「ちゃんと時間どおりに診《み》てくれてたら、ここで吸うことにはならなかった。そうだろうが！」

屁理屈《へりくつ》もいいところだ。はたで聞いていても腹立たしい。

だが桂は少しも熱くならず、理路整然と説《と》きつける。

「予約制は少しでも待ち時間を減らすためですが、こういう治療院では普通の病院よりもっと予定が立てにくいのですよ。それにうちは、一時間に何人診る、というような能率主義ではないし、一人何分と決めて、不満足な治療で帰っていただこうとも思っていません」

凛《りん》とした表情で言い切った。

第一印象の「チャラいオミズ系」というイメージはカケラもない。容姿が変わったわけではないのに、譲《ゆず》らない姿勢が桂を剛毅《ごうき》に見せていた。

「禁煙にしてあるのは、この待合室からすでに治療は始まっているからです。お気づきになりませんでしたか。リラックス効果のある微香性アロマを噴霧《ふんむ》してあるんですよ。……ああ、煙草の臭《にお》いでおわかりにならなかった？」

ひと言あてこすりを漏らし、それを恥じるかのように丁重《ていちょう》に申し出た。

「お急ぎなら出直されますか」

男は顔を真っ赤にして吠《ほ》えた。

「誰が来るか！」

靴に踵《かかと》も入れないままで、男は外に飛び出して行った。バタン！　とドアが閉まり、カウベルがいつもよりずっとにぎやかな音をたてた。

「さて」

桂は眞生にむかってにっこりと微笑みかけた。

「また患者を逃がしてしまったな。君には逃げられたくないですけどね」

「また」というところを見ると、こういうことは初めてではないようだ。柔和《にゅうわ》に見えて一本筋の通った骨っ節があることに、眞生はいっそう好感を持った。

待合室に腰を落ち着けるひまもなく、眞生はすぐ診察室に呼ばれた。さっきの患者がキャンセルしたぶん、待たされずにすんだのだろう。

桂はテーブルに広げた大判ファイルを眺《なが》めていた。診療記録のようなものらしい。

眞生がテーブルを挟《はさ》んだ椅子に座ると、桂は顔を上げてあれこれ問診《もんしん》してきた。

眞生の答えに難しい顔をして、

「温めた日だけ楽になるんじゃ、快方に向かっているとは言えませんね」

たしかにその通りだ。治療を受けているときしか痛みが消えないのでは困る。常に痛みを感じているよりはマシなのかもしれないが、痛くないときがあるからこそ、よけい辛《つら》くなるという側面もあるのだ。

桂はファイルを閉じて立ち上がった。

「別の治療を試してみませんか」

眞生は「おまかせします」と頭を下げた。

これまでどの病院でも、効果があるなし以前に、ほとんど治療らしいことをしてもらっていない。検査で確認されない痛みは、医者たちにとって幽霊のようなものなのだろう。見えると言い張る人間の方がおかしい、というわけだ。

それを思えば、見えないオバケを見ようとしてくれる、見えないまでも眞生には見えていることを信じて退治しようと試行錯誤《さくご》してくれる桂の方が、ずっと頼りになる。

眞生はいつものように施術台に横になった。その右の足首を擦《さす》りながら、桂は、思いがけないことを言い出した。

「縛《しば》ってもいいですか？」

えっと声が出た。

桂はいたずらっぽく指を立ててみせた。

「いや。国体選手のキックをまともに食らったら、たまらないから」

「そんなに痛い治療をするんですか……？」

眞生は肘《ひじ》を支えに身を起こした。みっともないと思うが、怯《おび》えてしまう。治すためとはいえ、爆弾を抱《かか》えた部分に何をされるのかと思うと、怖くてたまらない。

桂は腕を組み、真面目《まじめ》な顔で解説する。

「痛いというか、苦手な人はいますね。鍼《はり》を打って、低周波を流すので」

眞生はごくっと唾《つば》を呑《の》んだ。

ここへ来たことを、初めて後悔していた。

優しく触れられたり温められたりするだけだったから、油断していた。そうだ、ここは『鍼《しん》灸院《きゅういん》』なのだ。鍼を刺すのは、基本中の基本だろう。

桂は優しく説き聞かせる。

「大丈夫。患部《かんぶ》に直接刺したりはしませんよ。……そうだ、鍼を見てみますか。きっと安心しますよ」

桂はそばのキャビネットの浅い抽斗《ひきだし》を手前に引いた。小さなプラスチックのケースを取り出して眞生の顔の前にかざす。

一本ずつ密封した小袋に入っている鍼は、なるほど女の髪のように細く、別に恐ろしげなものではなかった。

眞生がほっとした様子なのを見てとると、桂はてきぱきと施術の準備をした。

「裾《すそ》を捲《まく》り上《あ》げて……いや、いっそ脱いだ方が楽でしょう。下着はそのままでいいですから」

眞生は起き直り、ごそごそとカーゴパンツを脱いだ。上はそのまま、下はトランクス一枚になって、もう一度横になる。下着を替えてきてよかった、と思った。

伸ばした両の足首を、マジックテープのベルトで固定される。

「両方ともですか」

心細い声を上げてしまう。両足を施術台に固定されると、なんだか拷問《ごうもん》でも受けるようで、またもや不安になってきたのだ。

「これをやると筋肉が収縮するんですけど、片方だけやってると筋の伸び方が違ってくることがあるんで……君はスポーツマンだから、変な癖《くせ》が残ると困るでしょう」

そう言われては、うなずくしかない。

桂は細い筒のようなものを指の間に挟み、反対の指を足の上に滑らせた。ある一点を押さえ、トン、と皮膚を叩く感じで打ち込む。なるほど、「刺す」より「打つ」の方がぴんとくる感じだ。細胞と細胞の空隙《くうげき》にするりと忍び込むようで、痛みはほとんどない。

足首、ふくらはぎ、すね、足の甲。何箇所にも細い針が刺さる。桂は、その一つ一つにクリップで電極をつないだ。

「我慢できないと思ったら言ってくださいね」

歯医者のようなことを言って、桂は器械のスイッチを入れた。一拍遅れて、ピッピッと規則的な音が聞こえてきた。それとともに、奇妙なうねりのようなものが両足を揺すぶる。

たしかに、痛いというのとは違う。随意筋《ずいいきん》が不随意な動きをさせられることの違和感とでも言おうか。

桂は慎重《しんちょう》にダイヤルを捻《ひね》り、「どうですか？」と訊いてきた。

「ヘンな感じですけど……ええ、痛くはないです。ガマンできます」

収縮の具合を見ようというのか、桂は眞生の足にかがみ込む。わざとではないと思うけれど、むきだしの足に桂の息がかかる。

最初のときも思ったが、なぜそんなに顔を近づけるのか。どこかがうずうずして、じっとしていられない気分だ。

眞生は身じろぎし、咳払《せきばら》いした。妙なところが熱くなりかけている。そんなことに気づかれたらたまらない。

ふと桂は顔を上げ、目を瞬《しばたた》いた。

「あ、気になります？　以前、視野が狭《せま》くなる病気だったもので、目を近づけるのがつい癖《くせ》になってしまってて」

以前ということは、今はもう完治しているのだろう。ふだんの立居振舞《たちいふるま》いにも、不自由さは感じられないし。しかしそういう経験があるからこそ、桂は患者の苦しみに寄り添えるのかもしれないと思った。

相手の事情はわかっても、体が反応するのは止められない。

足首からふくらはぎ、そして膝から腿《もも》へと、桂の息が這《は》い上《あ》がってくる。その一方で、低周波の刺激が、下肢《かし》を走る経絡《けいらく》を伝わって股間《こかん》に響いてくる感じがするのだ。

——いっぺん止めるか、緩《ゆる》めるかしてもらおうかな。

そう告げる前に、桂の方が動いた。

「そろそろ、ちょっと上げますよ」

びく、と音がしそうなほど太腿が痙攣《けいれん》した。

「あ……!」

眞生は思わず声を上げた。半《なか》ば勃起《ぼっき》してしまっていた。慌てて手で覆《おお》う。

桂はちらりと視線を流し、とんでもないことを言い出した。

「抜きましょうか?」

「は……?」

涼しい顔で桂は続けた。

「よぶんなものが溜まってると治療効果が上がらないんですよ。だから……ね?」

言いながら手を伸ばしてくる。

驚いて身を退《ひ》こうとしたが、足首を固定されていてずり上がれない。

眞生はうわずった声を上げた。

「あ、あのっ」

開いた唇を縫《ぬ》い止《と》めるように、桂はひとさし指を眞生の上唇に当てた。口の中で「しっ」と呟き、声を張り上げる。

「ああ、ちょっと痛かったですか？　大丈夫ですよ。楽にしててくださいね」

トランクスの上から膨《ふく》らみを確かめるように撫でた後、桂は体を捻って棚《たな》からバスタオルを取った。それをふわりと眞生の腹から腰にかける。

「見ませんから」

低く囁《ささや》くなり、手をタオルの下に突っ込み、トランクスのゴムを引っ張って、硬く張り詰めたものを引き出した。

温かな指にその輪郭《りんかく》をなぞられて、眞生は思わず喉を鳴らした。

治療の邪魔になるから処理する。ただそれだけのことなのに、変に意識するのは、相手にも失礼だ。

そう思って堪《こら》えようとするのだが、タオルの下の動きは手馴れていた。速い動きで扱《しご》きたてたかと思うと、ゆっくり先端をこね回す。こらえ性《しょう》のない先走りが、開いた鈴口から溢《あふ》れるのがわかった。

せめて声だけは抑えようと、眞生はきつく嚙《か》んだ唇を手で覆った。そうすると鼻息が荒くなってしまう。これでは人前でオナっているのと同じだ。恥ずかしさに目尻が潤《うる》んでくる……。

と、黙々と手を動かしていた桂がぽつりと言った。

「綺麗ですよ」

何がですか、と鼻声で訊き返す。

「見なくても触った感じでわかります。君の性分と同じで、まっすぐですべすべしてますね」

何と答えていいかわからない。

わずかな間があって、桂は「まだ？」と語尾を上げてきた。眞生は焦《あせ》った。

「あ、すみません。も、もう少しでイケそうなんすけど」

桂は、「くっ」と息を詰めるような笑いを漏らした。

「ソレじゃなくて。まだ経験してないんですか、と」

「あ」

馬鹿みたいに口を開けて、眞生はどもった。

「あ、あの、俺、」

「いや、いいです。それもよくわかりました」

そして、もう片方の手もタオルの下に突っ込んできた。片手で幹《みき》を激しく擦り上げながら、反対の手で先端を包み、手のひらの窪《くぼ》みで敏感な部分を刺激する。

「あ……っ」

思わず漏れた声に、かっと頬が熱くなった。

全身の血液が一点に集中してくるのがわかる。取り残された血流が耳の中でどくどくと暴れている。

眞生は固く目を閉じ、歯を食いしばった。

「羽角さん。辛《つら》いですか？」

桂の声は、淫靡《いんび》な手つきとは裏腹に遠慮《えんりょ》がちだった。

眞生はもう答えることができなかった。口を開けば、あからさまな嬌声《きょうせい》がほとばしってしまいそうで。

首を強く左右に振った勢いで、小さな固い枕からがくりと頭が落ちる。それと同時に、勢いよく先端から噴き上げた。

「くうっ……んっ」

瞼《まぶた》の裏に白い火花が散って、自分がゴールに飛び込んだのがわかった。


桂はぶ厚い本をばたりと閉じて、溜め息をついた。テーブルに肘《ひじ》をつき、両の目尻をぐりぐりと揉《も》む。

自分のツボは自分でわかっている。頭が痛いのは、眼精《がんせい》疲労でも風邪の前兆《ぜんちょう》でもないということもわかっている。原因は、今とりかかっている相手だ。

狙《ねら》った相手の歓心を買うためなら、心にもないことを言うのはちっとも苦にならない。それはほとんど桂の習性になっていた。嘘をついている自覚さえ時になくなるほど、自然に口をついて出る。

喜ばせる言葉。昂《たか》ぶらせる言葉。後で慰《なぐさ》めてやるためにわざと傷つける言葉。

相手を手の中で転がして言葉一つで操《あやつ》る歓《よろこ》びは、肉の悦《よろこ》びに匹敵する。

だが、こと治療に関してだけは、自分は嘘はつかない。ついたことがない。今、その一線が崩《くず》れているのではと思うから、頭も重くなる。

今度の相手は、どうも生真面目《きまじめ》すぎるようなのだ。そこにも惹《ひ》かれたのだから仕方がないが、三度会って落とす、とはいかなかった。「治療者と患者」から個人的関係に持ち込むには、もう少し時間がかかる。だからといって……。

「いや、嘘をついてるわけじゃない」

桂はひとりごちた。

「確信がもてないから黙っているだけだ。専門の外科医が診《み》てわからなかったんだ。鍼灸師の俺にわからなくてあたりまえじゃないか」

うん、と一つうなずき、その件は置いて、もっと楽しいことに頭を使うことにした。

ようやく巣穴に手繰《たぐ》り寄《よ》せたばかりの新しい獲物。瑞々《みずみず》しいのは、そのからだだけではない。

前回の「治療」のときを思い出して、桂はにんまりと唇を緩めた。

あれほど初心《うぶ》だとは思わなかった。童貞《どうてい》どころか、人の手で絶頂に導かれたこともなかったに違いない。いや、スポーツバカはそれこそスポーツの延長で、味気ない放出ごっこくらいはするのだろうか。

とっかかりは難しいが、一度味を覚えれば夢中になるというタイプのはずだ。きっと楽しめる。

ふと、これまでの戦績を指折ってみた。厳密《げんみつ》に記録にとどめるほどの執着心《しゅうちゃくしん》もないからおよその割合だが、女七に男三くらいか。

桂は生まれついてのゲイではない。快楽に貪欲《どんよく》で、自分にたがをはめることをしなかっただけだ。

対象を女に限定しなければ、単純に獲物は倍になる計算だ。分母は大きい方がいい。

もっとも、桂が男にも手を広げたのは、それだけが理由ではなかったが。

一つには、女は易《やさ》しすぎてつまらなくなってきたからだった。おまけに、狩《か》るのは簡単なのに、捨てるのに手間がかかる。十代のころよりも別れ際が難しくなってきたのは、桂の方が結婚相手としてターゲット認定される年頃になったからかもしれない。

腕のいい鍼灸師は、なまじっかなサラリーマンより稼《かせ》ぎがいい。そこへもってきて都会の高級住宅地に上物《うわもの》は古いがかなり坪《つぼ》数のある不動産持ちである。結婚願望のある女にとってはいい物件なのだろう。

そういう女かどうかの見極めは意外に難しい。女自身にもわからないのかもしれないと、このごろ思うようになった。遊びでいいわ、という言葉にどれだけ裏切られたか。妊娠《にんしん》させない用心はしているのに、コンドームに針《はり》で穴を開けるという暴挙に出た女もいる。

そんなこんなで男を試してみる気になったのだ。そして、予想外に肌《はだ》が合った。

ただいくらかがっかりさせられたのは、ゲイは結局のところ女と同じだということだった。初めから恋愛対象に認定されているのでは、スリルは半減する。

男が本来恋愛対象にはならないノンケを落とすのが、ゲームとしては最高に面白《おもしろ》い、という境地に達していたところへ、眞生が登場したというわけだった。

——さてこれからどう攻めるか。

桂は本を書棚にしまい、ソファに腰を据えて攻略法を考える構えになった。

それを邪魔するかのように、胸元で携帯《けいたい》電話が鳴った。

取り出して画面表示を見た桂は、ちらっと眉をひそめた。

——まだ削除していなかったか。

小さく舌打ちしたが、通話ボタンを押したときは、いつもの甘やかな声になっていた。

「ああ、奈津美《なつみ》さん。どうしました？」

そろそろ切れ時と判断して、このごろは約束を何度もすっぽかしている女だった。

電話の向こうの女は、初めはおずおずと、やがて激烈に桂をなじり始めた。そしてまた泣き言になる。

桂は途中から聞いてはいなかった。手首を捻って携帯を耳から離し、女の声が高くなったり低くなったりするのを、テレビの雑音のように聞き流していた。

女は反応が返らないことに業《ごう》を煮やしてか、耳に刺さる声を上げた。

『ねえ、聞いてるの⁉』

その言葉を待って「奈津美さん」と切り返す。

「最初からあなたは人のものだ。僕だけのものになれるあなたじゃないですよね」

女がそれなりの地位にある男の妻であることも、桂の計算に入っていた。一部上場企業の部長職、将来は重役になろうという男を捨てて、小洒落《こじゃれ》た治療院の鍼灸師を選ぶほど馬鹿な女ではない。

桂は優しく囁いた。

「僕たち、もう十分楽しんだでしょう？　ここで幕を引きませんか。あなたを嫌いになりたくないんです」

それは嘘ではなかった。飽《あ》きたことはあっても、桂は相手を嫌いになって別れたことはない。男にしろ女にしろ、自分に快楽を与えてくれる限り、いとしい存在なのだ。それが長続きしないだけのことだった。

眞生はふーっと深い息を吐いた。低周波療法の二セットめがようやく終わった。けっこう時間がかかる。

本当はお金もかかるのだろうが、「基本の一セットだけでは効果が薄い、自分が納得したいのだから基本料金だけでいい」と、桂は追加料金を取らないのだ。しかもその間に、抜いてもらったりもする。そこに特別な好意を感じるのは考えすぎだろうか。

電極をはずし、鍼を抜きながら、桂は眞生の辛抱《しんぼう》を褒《ほ》めた。

「君はやはり我慢強いですね。いちばん弱い電流でもキャーキャーいう人はいますよ。プロボクサーでしたけどね」

くすっと思い出し笑いをするのへ、眞生は真っ正直に返した。

「俺、我慢強くなんかないです。もう半年、この痛みとつきあってるから慣れただけです」

桂はふっと目を細めた。

「痛いのに慣れちゃいけませんよ。……気持ちいいことにもね。慣れはロマンスの最大の敵です」

さらりと艶《つや》っぽいことを言われて、眞生は顔を赤らめた。

――この人はどうも、男にしては色気がありすぎる。

そして、そのプロボクサーにも抜いてやったりしたんだろうか、とふと思った。

じっさいよくわからないのだ。中学のときの合宿で、同い年の子と抜きっこしたことがあるが、大人になった男同士の間でそういうことがあっても自然なのかどうか。この場合は医療行為の一環《いっかん》だろうけれど……。

身なりを整えて待合室に出てくると、次の客が来ていた。どことなく見覚えがある。

そうだ、初診のとき順番を譲《ゆず》ってくれた品のいい女の人だ、と思い出した。

だが今日は、少し苛《いら》ついているようだ。険のある目で見据《みす》えられ、眞生は肩をすぼめた。

自分に時間がかかったので長く待たされたのではないか。それも「特別サービス」のせいで。

なんだか申し訳ない気がした。

後ろめたい思いを抱《かか》え、眞生は精算を待つためにカウンター前の席に座った。

そのとき、桂が診察室から出てきた。

「羽角くん。忘れ物」

すんなりした指の先に、パウチングされた学生証が挟まれている。脱いだときに、カーゴパンツのポケットから抜け落ちたらしい。

どうも、と腰を上げる前を、さっきの女性がすり抜けていった。桂の胸にすがりつかんばかりに詰め寄る。

「先生」

桂はすっと身を退いた。その顔には、貼り付けたような微笑が浮かんでいる。

「……困りましたね。あなたの治療はもう終わっているんですよ」

「だって、いくら電話してもあなた……」

桂は厳《きび》しい声で呼びかけた。

「奥さん」

その言葉に、女は鞭打《むちう》たれたように身をすくめた。

「とにかく今日は時間がとれません。こちらから連絡を差し上げます。何でしたらご自宅に」

桂はなぜか「ご自宅」にアクセントを置いた。

女は唇を震わせた。会釈することもせず、きびすを返して玄関を出て行く。

見ていた眞生は、ますます自責の念にかられた。どこが痛むのか知らないが、ずいぶん余裕のない様子に見えたのだ。痛みの激しいときは、自分も他人への気遣いなどできない。

桂は何事もなかったように、笑顔で学生証を差し出してくる。それを受け取りながら、眞生は早口にしゃべった。

「今の人に時間がとれんかったのは俺のせいやないんですか？　そうやったら、特別ようしてくれるんは止めてほしいっちゃけど」

桂はぱちぱちと目を瞬いた。それからゆっくりと唇の両端を吊り上げた。

「それ、どこの言葉？」

眞生は、かっと頬が熱くなるのを感じた。ふだんは標準語をしゃべる努力をしているが、感情の振り幅が大きくなると、ついなまってしまうのだ。

「あ。俺、福岡の出身で」

桂は切れ長の目を瞠った。

「そうだったんですか。君って可愛《かわい》い顔してるのに九州男児なんだ？」

「か、かわいい？」

出身の問題より、そこに反応してしまった。

眞生には、自分は言葉が荒いだけでなく、目つきもきついという自覚がある。街中で、「なに睨んでやがる」と因縁《いんねん》をつけられることも珍しくない。桂は自分のどこを見て、可愛いなどと言うのだろう。

それに、マスターズの老女たちに言われるのと、桂に言われるのとでは違う。何かが決定的に違う。お婆さんたちに「可愛いマキちゃん」と言われたって、こんなにドキドキしない。

桂は腕を組み、片手の指を頬に当てた。眞生よりよほど可愛いしぐさだ。

「ギャップがいいですねえ。ほら、アニメなんかでよくあるでしょ？　おとなしい女の子が威勢のいい啖呵《たんか》を切ると、いっそう可愛い、みたいな」

くすくす笑う。笑われても不思議と悪い気はしない。

眞生は負けずに言い返した。

「桂さんこそ、ギャップあるやないですか。俺、最初はたいがい遊びよる人かと思うたっちゃけど、ふつーにええ人やし」

それを聞くと、桂はまた楽しそうにくすくす笑った。眞生は久しぶりに深呼吸したような気がした。

言葉のことを気にしなくていい相手がここにもいた、と思った。ただ、桃園《ももぞの》のお婆さんたちはこちらが気にならないからで。桂は……そう、向こうが気にしないでいてくれるのだ。


眞生《まき》は狭い玄関でトントンと足踏みしてみた。スニーカーの中にはホッカイロが入っている。一年中で一番寒いころだから、保温に気をつけろと桂《かつら》に忠告されたのだ。冷え性の女にでもなったようで情けないが、じっさいこれで少しは楽になった。

さっき携帯に連絡があって、桂はもう家を出たということだった。車だからすぐだろう。今日は桂が車でアパートまで迎えに来てくれるのだ。

『この冬一番の寒波が来てるときに自転車で飛ばすなんて、好きこのんで悪化したがってるみたいだよ』

治療院の中ではケジメのつもりかきちんとした敬語で応対してくるが、このごろの桂は、外ではけっこうもの言いがぞんざいだ。治療者と患者ではなく、対等の友人扱《あつか》いされているようで嬉しい。

携帯のアドレスも交換していた。

桂からの着信音は、何だか知らないが軽快なクラシックだ。眞生の携帯にそれを設定したのは桂自身である。

桂は自分の方にも眞生からの着信音を設定した、らしい。「どんなのを選んだんですか」と訊《き》いてみたが「ナイショ」と片目をつぶられてしまった。

眞生はこれまで、相手によって着信音を変えるといったこともしていなかった。

『君ってほんとに電話を携帯してるだけ、なんだねえ』

感に堪《た》えないというように、桂は首を振ったものだ。

眞生にとって携帯は、純粋《じゅんすい》に連絡用ツールだった。つくづく、水泳以外のことを知らない自分だったと思う。だからこそ、水泳をやめてしまったら、日曜祝日に遊ぶ相手もいないのだ。

桃園《ももぞの》スイミングも日曜は休みだが、祝日はいちおう開いていた。レッスンはなく、会員は自由に泳いでいいことになっている。おもにキッズ会員が親と一緒に来るのだが、その特典を知った桂は、治療院を休みにしてつきあうと言い出したのだ。いわゆる病院と違って、一刻を争う患者を相手にしているわけではないから、そのあたりは自由が利《き》くのだろう。

待つほどもなく、外で車の排気音がした。出てみると、「月桂樹《げっけいじゅ》」の駐車場にいつも停まっていたクロムイエローの外車で狭《せま》い路地がいっぱいいっぱいになっている。

――やっぱりあの車だったのか。

桂には似合うが、この界隈《かいわい》には全く似合わない車だ。

助手席に回り込むと、桂が中から腕を伸ばしてドアを開けてくれた。両側のブロック塀《べい》に擦《こす》らないよう、そろそろと車を出す。

ようやく路地を抜けたところで、桂はうきうきと言った。

「考えてみたら、君と泳いだことはないんだよね。プールがとりもつ仲なのに」

それで、眞生も出会った日のことを思い出した。

「そうだ。俺、桂さんに古式泳法を教わりたいと思ってたんです。あれだとあまり痛くないんじゃないかと」

桂は照れたように眉《まゆ》を下げた。

「えー。国体選手に泳ぎを教えるなんて、そんなおこがましい」

二人のときは敬語は使わないが、ものやわらかな調子は変わらない。この人の優しさは天然だと思う。

自分を特別扱いはしないでくれと言ったが、その優しさが自分だけに向けられているのならもっと嬉しい。眞生は、自分の中に生じた温《ぬく》もりを抱《いだ》くように、ぎゅっと腕を抱《かか》えた。

桃園の駐車場はがらんとしていた。送迎バスも、今日は所在なげに隅にうずくまっている。下に水着を穿《は》いてきたので、眞生はあっという間に半裸になって更衣室《こういしつ》を出た。

客は少なかった。兄弟らしい三人の子供とその保護者という一組が、中央の二つのコースを使っているだけだ。

眞生がシャワーを浴びている間に、桂も来た。二人で第六コースに行き、早速教示を仰《あお》ぐ。

「あおり足、って言うんですよね？」

古式泳法独特の足さばきのことだ。横にあおるように動かすからだろう。

「理屈より実地だね」

眞生はプールサイドに手をかけて体を水面に伸ばした。その足を桂が掴《つか》み、ゆっくり動かす。

思ったとおり、この泳法だと足の甲にかかる水圧が小さいようだ。水に叩きつけるのではなく、足の裏で水を挟《はさ》むようにして後ろへ送るのだ。

素人《しろうと》ではないから、コツはすぐ呑《の》み込《こ》めた。今度は全身の動きを体得するために、桂に支えてもらって型をさらう。

しなやかで力強い腕が腰に巻きつき、ぐいと吊《つ》り上《あ》げられる。他力で水に浮かべられるのは少年のころ以来で、なんだかどきどきした。

二人で並んで泳げるようになるまで、十分とかからなかった。

横並びのコースを、二人は二匹の人魚のように、ゆっくりと遊泳した。からかうように、ときどき桂はスピードを上げる。ゆっくり泳ぐことも速くすることもできるのだ。

――フレキシブルな泳法だな。

まるで桂自身のようだと思った。しなやかで自由で、ときに強く、ときに柔《やわ》らかく。

彼の泳ぎを見ていると、自分のガチガチに固められたフォームがやぼったく思えてくる。

「より速く」というその一点だけに特化した泳法は、無駄のない美しさを持ってはいるが、悪く言えば無機的でさえある。桂の泳ぎは有機的だ。指から伝わる温もりのような生命力を感じる。

遅い泳ぎへシフトしたときは、水の中で話すことさえできる。お互いの利き手が反対であるおかげで、ちょうど顔が向き合うのだ。

「どこで、覚えたんです、か」

まだいくらか不器用に水を掻《か》きながら眞生が訊くと、桂は余裕の息遣《いきづか》いで返してくる。

「祖父が古武道をやっててね。鍼灸《しんきゅう》のほか、柔道整復も手がけてたっけ。あの家は、祖父のものを商売とともに引き継いだんだよ」

「一人暮らしなんですか」

桂はくるりと身を捻《ひね》って仰向《あおむ》けになり、クラゲのように浮いて腕だけで進む。眞生は覚えたての「一重伸《ひとえの》し」でついていく。

「親たちは妹だけを連れて海外赴任中《ふにんちゅう》なんだ。帰国しても、都内に自分たちの家を持ってる。それで、あの家は遺言《ゆいごん》で祖父が僕に遺《のこ》してくれた。僕が大学の東洋医学科に進学したから、鍼灸院を任せようと思ったんだな」

眞生はいぶかしんだ。大学で鍼《はり》を学んだとは初耳だ。

「鍼灸をやったのは、目が悪かったからじゃ？」

仰向いた桂の目がぱちぱちと瞬く。

「――ああ。それもあったね」

「いつごろから悪くなったんですか？」

それには答えず、桂はまたくるりと体を返して「伸し」に戻り、妙に尖《とが》った眼差《まなざ》しを向けてきた。

「さっきから疑問文ばかりだね」

その抑揚《よくよう》のない声に、眞生はずきりと胸をえぐられた。

無遠慮《ぶえんりょ》にプライベートに踏み込みすぎたのか。しかし、このまま黙り込んではいけないと思った。言うべきことを言わないから誤解されるのだ。

水泳部でもそうだった。言葉の問題で萎縮《いしゅく》していなかったら、休部を申し出たとき、もう少しはっきりと自分の置かれている状況を説明できたのではないか。

眞生は泳ぐのを止め、底に足をつけた。けげんそうに自分も立ち止まった桂の目をまっすぐに捉《とら》え、とつとつと弁明する。

「質問攻めみたいになったんは、桂さんのこと、もっと知りとうて。それと、病気のこと、生まれつきやったら小さいころは嫌な思いをしたんやないか、とか考えてしもて。気に障《さわ》ったんならすみません」

ぺこりと頭を下げる。

桂はしばらく黙っていたが、「こっちこそごめん」と呟いて、また泳ぎ始めた。

一時間ほどたったころ、もう一組の親子連れがやってきた。最初の組と仲がいいらしく、子供たちはコースロープを乗り越え、水中で追いかけっこをしだした。

これでは落ち着いて泳げない。上がる潮時《しおどき》だろう。

「ちょっとサウナに入ろうか。君は足を温めないとね」

そういえば、せっかくサウナがあるのに、入ったことはなかった。中高年のダイエット用、という感覚でいたのだ。

中は木で段が組まれていて、そこにバスタオルを敷いて横になることができる。

「ああ、気持ちよかった」

眞生は備え付けの黄色いタオルの上で、思い切り背伸びした。

「治ったら毎日でもガンガン泳げるのになあ」

一つ上の段に腹這《はらば》いになった桂が見下ろしてくる。

「――早く治りたい？」

「あたりまえやないすか」

ちょっとびっくりして身を起こす。

桂は慌てたふうに注釈《ちゅうしゃく》をつけた。

「いや。『ブラックジャック』にね、傷が治ったら戦場に戻される、だから治りたくない、という兵士の話があったもんで」

と言われても、眞生は漫画もあまり読んだことがない。しかし、その話には興味を引かれた。

「そう……戦場ですよね、俺にとっちゃ」

水と戯《たわむ》れるのではなく、水と戦い、ねじ伏せ、圧倒的なスピードで一番にゴールする。それが眞生の知っている「泳ぐ」ということだった。

たった今、桂のおかげで心地よい泳ぎを満喫《まんきつ》したのに、すぐまた焦《こ》がれるように、競泳の尖った世界に戻りたいと思ってしまう。四歳から十六年生きてきた世界を、眞生はやはり簡単にはあきらめられそうもなかった。


眞生は短髪だからタオルドライでいいが、桂は髪を乾かすのに時間がかかる。

もう着替えて待っている眞生に向かって、桂は腰にタオルを巻いた姿で、長い髪にドライヤーを当てながら問いかけてきた。

「ねえ、おなか空《す》かない？」

「ぺこぺこです」

眞生は正直に答えた。水泳はおそろしくカロリーを消費するスポーツなのだ。

桂はドライヤーを「低」に切り替え、手櫛《てぐし》で髪を整えながら続けた。

「『月桂樹』の近くに、近ごろ美味《うま》いラーメン屋が開店してね」

「醬油《しょうゆ》ラーメン？　それとも塩」

「それは食べてみてのお楽しみ」

桂はいたずらっぽく片目をつぶった。

着替えを済ませ、裏口からクラブの駐車場に降りる。どこにあっても、桂の黄色い車は存在感抜群《ばつぐん》だ。

派手な外見に似合わぬ誠実な人だけれど、乗る車だけは外見どおりだと思う。

車は途中まで治療院への道をたどり、住宅街に入るあたりから右にそれた。

「着いた。ここだよ」

真新しい暖簾《のれん》を顎《あご》で示し、桂は車を「開明軒《かいめいけん》お客様専用」と書かれた小さな空《あ》き地《ち》に入れた。

降りたとたんに、強烈な匂《にお》いが鼻腔《びこう》と空《から》っぽの胃を直撃する。

「うわあ、トンコツや！」

眞生が思わず歓声を上げたのは、郷里の味が口中によみがえったからだった。

「チェーン店とは一味違う本場の博多《はかた》ラーメンらしいよ。店主が九州人とかでね」

桂は鼻をうごめかした。匂いに食欲を刺激されたというより、眞生の故郷の味を発見したという得意の表情だった。

可愛いところのある人だと思う一方で、その得意の鼻を明かしてやりたくなった。眞生は意地悪く突っ込んだ。

「いや、これ、久留米《くるめ》ラーメンっしょ」

白地の暖簾に黒々とそう書いてあるのだが、桂はびっくりしたように目を瞬《しばた》いた。

「博多と久留米は違うの？」

素《す》でごっちゃにしているのかと驚いたが、すぐ、自分も栃木《とちぎ》と茨城《いばらき》の位置関係がよくわからないのを思い出した。どちらも福岡県だという点では、桂の思い違いの方がはるかに軽症だ。

眞生は話題をラーメンのウンチクに限定することにした。

「博多の方が細麺《ほそめん》やし、まだしもどぎつくないっす。久留米ラーメンは生活習慣病一直線のこってりギトギトで」

それを聞いて、桂はたじろいだようだった。

「そんなに濃いのか。うーん、どうしようかな」

暖簾を上目遣《うわめづか》いに見て考え込む。未病《みびょう》治療をうたっている者として、「生活習慣病一直線」と言われては、二の足を踏むところだろう。

そのときがらっと戸が開いて、若い男が数人、店から出て来た。この寒いのに鼻の頭に汗をかき、頬を赤くしている。

「ほんとに脂《あぶら》っこいなあ」

「九州人は、よくこんなのを食うよな」

満足を通り越して、げんなりした様子だ。

「だけど美味いだろ？」

そう言い返した男が、何気なく眞生を見やって「あっ」と声を上げた。

「羽角《はずみ》？　西高の羽角だよな？」

眞生もすぐ思い出した。学校もクラブも違うが、国体の県代表、メドレーリレーでチームメイトだった男だ。忘れるはずがない。

「小森《こもり》かー!?　おまえ、今、どうしよるん？」

「どうっち、大学行きよらい。おまえんとこみたいにえばれるガッコやないけんど。それより知っとーか、的場《まとば》スイミング潰《つぶ》れたばい」

いきなり故郷の風に巻かれたような思いがした。トンコツスープの匂いのする場所で、故郷の言葉をしゃべる旧知の人に会おうとは。

だが、懐かしいと喜んでばかりもいられなかった。相手はすぐ、眞生の現在に興味を示してきたのだ。

「おまえこそ、どうしよったん？　去年のインカレ、出とらんかったな。おまえほどの選手を出さんて、あっこの大学、よっぽどメンバーが揃《そろ》うとるんか」

すうっと顔が青ざめるのがわかった。それから、かっと熱くなる。自分の置かれている状況が、にわかに恥ずかしくなったのだ。

国体の代表チームでは、眞生はリーダー的な役割だった。アンカー、自由形。華《はな》のあるポジションに、押しも押されもせぬ実力。それを傘《かさ》に着て、この小森を始め、他の高校生メンバーを率《ひき》いていた。

それが今はどうだ。チームの足を引っ張り、仮病を疑われ、居場所をなくしてスイミングクラブのアルバイトコーチだ。それも、手本ひとつ見せられない、過去の栄光だけがウリの半端者。

相手は眞生の顔色に気づかないのか、それともろくに見てはいないのか、愚痴《ぐち》めいたことをまくしたてる。

「俺なんかどうせ特待落ちやけんな。おまえは、末はオリンピックとまで言われとった男やないか。ちいと気合い入れんかい」

どん、と背中を叩かれる。向こうに悪気はないだろうが、足のことを言い出せる雰囲気《ふんいき》ではなかった。

眞生は精一杯明るい声で応《こた》えた。

「うん、わかっちょら。おまえもがんばれな」

能天気に笑って仲間の後を追う男に、眞生も笑顔で手を振った。彼らの姿が角を曲がって消えてしまうまで。

ふと、背中が暖かくなった。桂の体が寒風を遮《さえぎ》ってくれているのだ。

「あれ、同郷のお友達？　すごいな。同じシャベリなんだねえ。ちょっとケンカしてるのかと思っちゃった」

桂はにこやかに覗《のぞ》き込《こ》んでくる。眞生はさっと顔をそむけた。

「——眞生？」

「見らんといてください」

声がみっともなく震えた。

悔《くや》しい。情けない。恨《うら》めしい。

胸いっぱいに噴き上げてくるマイナスの感情で溺《おぼ》れてしまいそうだ。

眞生、ともう一度呼ばれる。それでようやく、初めて名前を呼び捨てにされたのだと気づいた。

なぜか、抑《おさ》えていた涙がぶわっと溢《あふ》れた。

桂は後ろからそっと肩を包んできた。

「君はやっぱり我慢強いよ」

車の陰に引き込むようにして正面から抱きしめられ、背中をとんとんと叩かれた。

ごくあたりまえの慰《なぐさ》めのポーズだった。そんなもので子供のようにあやされたくない。

抗議しようと振り仰ぐ。今までで一番近いところに桂の顔があった。近すぎてぼやけてしまいそうだ。

少しきつい切れ長の目が、自分の目に焦点《しょうてん》を結んでいるのがわかる。その目に、育成クラスの子供たちのような、貪婪《どんらん》な光が漲《みなぎ》る。

「桂、さん……？」

ふわりと温かくなった。冷たい風が顔に当たらない。二人の顔の間に、もう隙間はなかった。

一番温かいのは唇だった。自分の唇はささくれているが、かぶさってきた桂の唇はクリームでも塗《ぬ》っているのか、やわらかく滑《なめ》らかだ。

もっと滑らかなものが桂の口からすべり出てきて、眞生の唇の狭間《はざま》から内へ入り込む。

「ん……っ、ふ」

眞生は混乱した。しかし逃げようとは思わなかった。この温もりから離れたくなかった。

男に抜いてもらっていいのなら、これだっていいはずだ。だけど違うんじゃないか、あれとこれとは。これは医療行為なんかじゃない。

だってキスは……。

――好きな人とするもんだ。

その心の声が聞こえたかのように、桂は離した唇で囁《ささや》いた。

「好きだよ」

そしてそのまま、唇を冷たい耳に押しつけてくる。

二度目の「好き」は、熱い吐息《といき》混じりだった。ぞくんと背筋が震える。それでようやく、相手の言っていることが頭に沁《し》み込《こ》んできた。背中に回された腕が、優しさだけでは説明できない熱をはらんでいることも。

男にコクられているのだ、ということへの驚きは小さかった。嫌悪感もない。それより気になるのは、桂は同情心から「好きだ」などと言っているのではないかということだった。痛むところを優しく温めてくれるのと同じ感覚なのでは、と。

眞生は頭を振って、桂の耳うちから逃《のが》れた。

「よりによって今、そんなことを」

抗議するように呟くと、桂は心外そうに目を瞬《しばた》いた。

「君のことは前から好きだったよ。でも、とても本気にしてはもらえないと思ったから」

ふと気弱な表情を浮かべて目を伏せる。嘘や冗談とは思えないその翳《かげ》りに、にわかに動悸《どうき》が高まってきた。

眞生だって、これまでまったく恋というものに縁がなかったわけではない。

小学生のころから、バレンタインには何人かの女子にチョコをもらっていた。中学ではもっと多くの女子から。高校を卒業するまぎわには、下級生からはっきりコクられたこともある。

眞生が上京することは周知の事実で、その少女にしても、ただ想いを伝えられさえしたらという構えだったから、「嬉しいけど……」と口ごもるだけでことは済んだ。

だが桂に対しては、どう応《こた》えていいかわからない。

相手が大人の男でどうやら本気らしいというだけでなく、自分もこの男にかつてない引力を感じているから、なおさらだ。

合宿で抜きっこした子に対する共犯意識とも、お世話になった鬼コーチへの信頼感とも違う。温かく包まれながら、どこかがちくちくしている不安定な思い。

これが恋だという確信は持てない。それでも、密着した唇の温もりが恋しい。器械にかけられるより、桂の手に温められるほうが心地よいのは、やはりそこに情があるからだ。

数秒間の沈黙をどうとったのか、桂は唐突《とうとつ》に詫《わ》びてきた。

「ごめん。聞かなかったことにして」

ぐいと肩を押しのけられた。

温もりが遠ざかる。二人の間に生じた空隙《くうげき》が痛い。

顔をうつむけて、桂は自嘲《じちょう》するように言った。

「男からこんなこと……気持ち悪いよね」

長い睫毛《まつげ》が震えている。明るく闊達《かったつ》な人のそんな姿に、胸がざわめく。

「いえ、そんな……」

口ごもったあげく、思い切って訊《き》いてみる。

「なんで男、いや、なんで俺なん？　桂さん、女にもてるやないですか」

急に女らしくなってきた事務員。ギャラリーで色めきたつ母親たち。綺麗な男だというだけでなく、桂には華がある。「月桂樹」にしても、桂自身の魅力でもっている、ということもあるのではないか。

目を伏せたまま、桂はふーっと溜め息をついた。

「もてる、か。まあ、遊び相手には不自由しないな……。だけどそれだけだよ？　この外見にこの性格だから、誰も本気で想ってなんかくれない。僕は本音でつきあえる人をずっと探してた。君は、君だけは、遊びで流せる人じゃないと」

桂は顔を上げ、真摯《しんし》な瞳を向けてきた。

「君の気持ちに負担をかけてすまない。引かれるかもしれないと思っても、言わずにいられなかったんだ。それだけ、真剣だってことだけど……ああ、ごめん。こんなこと言われたらよけい重いよね」

らしくない寂しい微笑。不愉快《ふゆかい》にさせたかと思ったときとは違う意味で、胸がずきりと疼《うず》いた。

自分も、見かけや言葉で誤解されたり敬遠されたりしてきた。緊張しているだけなのに。地方から上京してきて、知人もいない都会で、特待生などという看板をしょわされて、精一杯気を張っているだけなのに。

「何が気に入らないんだ」とか「おまえ、あまり見るなよ。女の子が怖がるだろ」などと言われて、どんどん自分を囲い込んでしまったのだ。

そんな自分も、この人をうわべだけで見ていたのだ、と思った。

眞生は感情の昂《たか》ぶるままに言い出した。

「俺、あの、まだそういうの、よくわからないです。誰かとつきあうとかしたことないし。だけど、気持ち悪いなんて思わない。……相手が桂さんやけかもしれんけど」

最後の一言に本音が出たと思った。ぼっと火がついたように首から上が熱くなる。

桂もはっと目を瞠《みは》り、それからじわりと瞼《まぶた》を赤くした。

「そう。じゃあ……望みはあるんだ?」

眞生はきゅっと唇を引き結んでうなずいた。

我ながら愛想《あいそ》のない態度だと思った。これでは桂も次の言葉が出ないだろう。だからといって、眞生にはこの場をうまく取《と》り繕《つくろ》うことなどできない。

困ってうつむくのへ、桂はひょうきんに拳《こぶし》を突きつけてきた。

「それではマイクを胃袋に戻しまして。トンコツいく？」

　眞生は下を向いたまま、ぷっと肩を揺らした。覗き込んできた桂の顔は、こだわりのない微笑《ほほえ》みを浮かべていた。

　性急にその先を求められないことに救われた思いで、眞生は背中を押されるまま歩き出した。


「どうも調子が狂うな」

　桂《かつら》は自分のベッドで、寝酒のコニャックを含《ふく》みながらぼやいていた。

「手順としては間違ってない。古典的なほどトントンと進んでる……はずなんだがな。なんでこんなに進まないんだ」

　ラーメン屋の前で告白してからもう二週間になる。「望みはあるんだね」ときたら、だいたい次のデートでからだの関係になりそうなものだ。なのに、キスから一歩も進んでいない。

　プールの帰りに夕食をともにしたり、スポーツ観戦に行ったり、いわゆるデートに類することもやってはいる。だが、どうも色っぽい雰囲気《ふんいき》にならないのだ。

　まず、眞生《まき》のキャラに問題がある、と思う。

恋人としてのつきあいを求めている人間に対して、体育会系の礼儀正しさで応じられても困る。誘えとまでは言わないが、もう少しスキを見せてくれないと、脈絡もなく押し倒すわけにもいかないではないか。さりげなく水を向けても、ぴんとこない様子だし……。

桂は、タン！ と音を立ててサイドテーブルにタンブラーを置いた。頭の下に手を組んで、ふーっと吐息《といき》をつく。

思えば、あのとき一気に攻めるべきだったのだ。懐郷の思いとやるせない寂しさと、ずたずたになったプライドを抱《かか》えて立ちつくす青年。あのときの眞生なら、とまどいを残したままでも、こちらの熱に巻き込んでしまえただろうに。

桂はむくりと起き直った。

そういえば、あのときなぜ逃げ道を作ってやったのか。笑いをとる方に行ってしまったのか。自分でもわからない。

ラーメン屋、というのがまずかったかもしれない、とも思った。しかし、そういうシチュエーションを選んだのはほかならぬ自分だ。眞生を喜ばせたくて、あの店を探し出した。ラーメン屋の後でいいムードになるはずがないことぐらい、考えたらわかりそうなものだ。すると自分は、まだ獲物を泳がしておくつもりだったということだろうか……？

突き詰めたくない答えがちらりと脳裏を掠《かす》める。桂はいらいらと頭を振った。

本命を攻略しているときは、さすがの桂もつまみ食いは控《ひか》える。だから、桂にしてはずいぶん長く、女も男も抱いていない。

だがこの苛立《いらだ》ちは、性的な不満とは別物だ。自分で自分が摑《つか》めないことへの焦燥感《しょうそうかん》。うまくいかないのは、相手のせいではないのかもしれない。自分の方に何らかのバグが生じているのでは？

強引に迫って逃げられたくないから、と手控える。これはアリだろう。

心配なのは……相手を偶像のように崇《あが》めてしまって、手を出せなくなっているのではないかということだ。

桂は手を上げて枕元の携帯を取った。前の彼女の写真はすでに削除済みだ。今は眞生の写真がずらっと出てくる。その中に、媚《こ》びた表情のものは一枚もない。

桂は、携帯をぽいと放り出した。

ただ初心《うぶ》で、スレていなくて、手管《てくだ》も何も知らないというだけの青年だ。あまりに無防備だから、手を出すのも気がひける。そういうことなのだろう。

抱いてしまえばいい。抱けばわかる。あいつは何も特別な誰かじゃないと。

そこらにゴマンといる平凡な若い男にすぎない。そこそこ整った顔と鍛《きた》えられた綺麗《きれい》な体を持ち、過去にちょっとした勲章《くんしょう》がある、というだけの。

いったん知ってしまえば、あっという間に性の快楽に溺《おぼ》れる世間並みの男の一人だ。

桂はようやく納得して、フロアランプのスイッチを捻《ひね》った。

片付けるのは明日でいい。グラスも、眞生も。

桂は最後の患者を送り出してから、大急ぎで治療院を閉めた。受付は午後六時までだが、診療が終わるのは、たいてい八時過ぎになる。

いっぽう眞生は、平日の夜は八時半までバイトがある。急げば、ちょうど摑まえられるだろう。

これまで夜のデートはしたことがなかったが、今夜はいきなり桃園《ももぞの》に押しかけて行って、眞生を拉致《らち》するつもりだった。そしてそのままここに連れてくるか、それとも車の中で関係を進めるか、だ。

今度は逃げ道を与えない。相手がとまどっても怖気《おじけ》づいても、自分のペースでことを進めるのだ。

はやる心を乗せて、愛車のアクセルを踏み込む。久しぶりに夜を駆る狩人に戻ったような気がした。

だが桃園に着いてみると、駐車場にはマイクロバスがなかった。送迎バスが出てしまったということは、少なくとも二十分前にレッスンは終わっている。

——もう帰ってしまったか。

勢い込んで来ただけに、がっくりきた。車の窓は閉まっているのに、すうっと冷たい風が襟《えり》元《もと》を吹き抜けるような気がした。

ステアリングをとんとんと指で叩き、フロントガラス越しに玄関の方を見やる。

そこへ、小学校高学年くらいの男の子たちが何人か、階段を駆け下りてきて、それぞれ自転車に乗って走り去って行った。それがどうやら最後の組らしかった。

――やっぱりちょっと遅かったかな。

そう思いながらも車を降りたのは、眞生の自転車の所在を確かめるためだった。

よく手入れされた黒い自転車が階段の下に突っ込んであるのを見て、桂は微笑《ほほえ》んだ。桂と違って、自分を磨《みが》くことには全く関心のない青年だが、こういうことにはこまめなのだろう。

その洒落《しゃれ》っ気《け》をもう少し自分に向ければいいのに。いやいや、眞生はあのままでいい、下手に磨きをかけたら、誰にでも光って見えてしまう。自分だけがその値打ちを知っていればいい。

にやつきながら階段を上がっていた桂は、ふと足を止めた。

やはり自分は少しおかしい。誰が見ても魅力的な男や女をわがものにすることこそ、恋の醍《だい》醐《ご》味《み》であるはずなのに。自分だけがわかっている値打ちなど、それこそ何の価値もないだろう。ましてや、誰にも見せずに手の中にくるみ込んでいるだけなんて、愚《ぐ》の骨頂《こっちょう》だ。

桂は考え込んだまま、残りの階段を上がっていった。

受付まわりを拭いていた事務員が、「あと三十分で閉館ですけど」と声をかけるのにかぶさって、ギャラリーの方から軽やかな女の笑い声がした。ぼそぼそと応じているのは、眞生の声に違いなかった。

よかった、間に合ったと安堵《あんど》すると同時に、何やら不穏なものが胸のうちに湧いた。女の声に、露骨《ろこつ》な媚《こ》びを感じたからだった。

桂は足音を忍ばせて、廊下の角から様子を窺《うかが》った。

壁を背にしたソファに、女と並んで腰を下ろしているのは、やはり眞生だった。紙コップのコーヒーか何かを飲みながら、世間話をしているといった格好だ。

女は甘えるように肩をすぼめ、しきりに誘いかけている。

「さすがに国体まで行った方は違いますわねえ。今度ぜひ、ゆっくりお話をうかがいたいわ。日曜日は大学もお休みなんでしょう？」

眞生は相手の意図がわかっているのかいないのか、真面目《まじめ》くさった顔であいづちをうっている。

しばらく様子を見ていたが、眞生はほとんどカップから目を上げず、女の話に耳を傾けているようだ。

――ちょっと顔を上げれば、俺に気づきそうなものなのに。

五分ほどもそこに立っていただろうか。桂は声をかけずにクラブを出て車に戻った。さらに十分二十分と車内で待ったが、眞生も女もなかなか降りてこない。妙にいらついて、しばらく吸っていなかった煙草《たばこ》に火をつけた。

「まあ、大丈夫だろう。あいつ、誰に対しても鈍《にぶ》いからな」

何が大丈夫なのか、と考えて、急にむしゃくしゃしてきた。自分が眞生の貞操の心配などしているることが、無性に腹立たしい。らしくなさすぎる。

それを言えば、何もかも、らしくないことだらけだ。

このところ、すっかり自分のペースを狂わされている。それも、あんな何もわかっていない子供のような男に。

久しぶりの煙草はよく効く。深く吸い込むと軽い目まいがした。眉を寄せて瞼《まぶた》を閉じる。その裏に、するりとある思いつきが滑《すべ》り込《こ》んだ。

——変則を正すには原点に戻ることだ。

正攻法が効く相手と、ルーティンワークのような気楽な情事。

「それなら、あの女でも悪くないな」

ぼそっと呟く。

若作りだが、三十五はいっているだろう。自転車で帰って行った子供の母親なら、そんなものだ。子供もいくらか手を離れ、退屈した人妻。簡単に遊べそうだ。そういえば、眞生の隣のコースで教えているコーチとも、いちゃついているのを見たことがある。

桂はいつになく底意地の悪い目つきになった。あの程度の女が眞生に目をつけたことが、ひどく不愉快《ふゆかい》だった。

「夢中にさせて手ひどく振ってやるか」

そうすれば、とりあえず欲望を満たすだけでなく、自分の獲物にちょっかいを出したことに対して、ある種の罰《ばつ》を与えてやれる。

眞生にかまけて、心ならずも禁欲生活をしていたことが、桂の背中を押した。

桂は煙草を揉《も》み消《け》した。駐車場から車を出し、道の少し先の路肩に寄せる。眞生は自転車だから裏道を通るが、女はバスに乗るにせよ車で帰るにせよ、この道を通るはずだ。

桂は、女に近づくいくつかの裏技を頭の中で浚《さら》ってみた。

眞生に知られたらどうするんだ、と心の中で小さく囁《ささや》く声があった。

――そのときはそのときだ。かえってことは動くだろう。

己のふてぶてしい開き直りの裏にあるものなど、桂は気づきたくもなかった。

後期試験とスイミングクラブの職員研修が重なって、その週は一度も「月桂樹《げっけいじゅ》」に通えなかった。むろん、デートもなしだ。幸い、足の調子はいつになく落ち着いていた。

電話で桂にそう告げたら、愛想《あいそ》よく「そりゃ良かったね」と返してきた。治癒《ちゆ》の兆《きざ》しがあることを心から喜んでくれているのだと思ういっぽうで、会えないことに不満を感じてはいないらしいのが、眞生はいささか物足りなかった。

そういえば、先週の土曜日も、桂は眞生を待つでもなく帰ってしまっていた。何か急ぐ用事があったのだろうか。

そして一週間ぶりに桂に会う今日は、眞生の方が待ってはもらえない状況だった。月末で、育成クラスのタイムトライアルがある上に、年度末に備えての書類仕事もあるのだ。

そのことは先に知らせてあったから、桂も心得たもので、眞生に「先にカエル」のハンドサインを見せて上がっていった。

水を弾《はじ》く小麦色の背中が振り向きもせず遠ざかっていくのを、眞生はやるせないような思いで見送った。

午後八時近くなって勤務が終わったとき、眞生はこのところ薄れていた痛みがぶり返しているのに気づいた。今日は水温がいつもより低かった。それに、水に入っている時間も長かったのだ。

控室《ひかえしつ》で痛む足を擦《さす》りながら、眞生は考えた。

「月桂樹」は休業日だし、そうでなくても診療時間は過ぎているが、訪ねて行けば、桂は診《み》てくれるかもしれない。

ちょっと甘酸《あまず》っぱい気分になった。「恋人」なのだから当然とまでは思わないけれど、少しは特別扱《あつか》いを期待してもいいだろう。

そう決めて、いくらか痛みが鎮《しず》まるのを待ってクラブを出たときは、あたりの店も閉まって、すっかり灯が消えていた。

今夜は月もない。ライトがぼんやりと舗装《ほそう》道路を照らすのを頼りに、眞生はせっせと自転車を漕いだ。

「月桂樹」に来てみると、ドアには「本日休診」の札が下がっていた。そっとドアを押してみる。やはり鍵《かぎ》がかかっていた。

眞生はポケットから携帯を取り出した。

桃園《ももぞの》からかけなかったのは、「今から行く」といえば、桂は自分の都合を変えてでも待つかもしれないと思ったからだった。そこまで甘えたくはない。

桂の携帯にかけると、『おかけになった電話は電源が入っていないか…』という定番の録音メッセージが流れてきた。乗り物の中にいるのか、大事な会合でもあって電源を切っているのか。

あきらめて帰ろうときびすを返したとき、建物の裏手でがさがさと音がした。眞生は足を止めて振り返った。

「月桂樹」の裏庭は、市街地には珍しく鬱蒼《うっそう》としている。待合室のポスターに、多発する空《あ》き巣《す》被害への注意を呼びかけるものがあったのを、眞生は思い出した。

——もしもってことがある。

体育会系の向こうっ気が頭をもたげてきた。眞生は足音を忍ばせて裏に回った。と、藪《やぶ》の中から、赤ん坊じみた鳴き声が上がった。ぎくっとして固まった眞生の足もとを、二つの小さな影がもつれるように駆け抜けていく。

なあんだ、と眞生は肩の力を抜いた。このへんの野良猫は、「月桂樹」の庭を格好のデートスポットにしているらしい。

そのとき眞生は、月夜でもないのに庭が明るいのに気づいた。裏から見ると窓に灯《あか》りがともっている。こちら側は住居部分だ。すると桂は在宅しているのか。

温かな黄色い光に招かれるように、眞生は窓辺に寄った。

カーテンで中は見えないが、人の気配がある。

——好きな人の様子を窓の外からうかがうなんて、なんだかどきどきするな。

眞生は声をかけないまま耳を澄ませた。

耳触りのいいソフトな声に、やっぱり桂だ、と唇をほころばせたとき、もう一つの声が絡んだ。

さきほどの恋猫よりひそやかな、しかし同じ色調を帯びた声。

どきんと心臓が撥《は》ねた。

いつか夢うつつに「月桂樹」で聞いた声と、似てはいないが共通の特徴があった。高く低く、泣くような、何かを堪《こら》えるような声。――自分も口に手を当てて押し殺したことのある声。

息をひそめているせいか、胸が苦しい。

立ち聞きしては悪いと思うより、知りたいという気持ちの方が強かった。桂のそばで、ああいう声を上げているのは、いったい誰なのか。

ここ一、二週間の桂の様子に、それまでとは違うものを感じていた。その答えがこれなのか。

ふと見ると、窓の向こうは住居側の玄関になっている。眞生は身をかがめて窓の下を通り抜け、そのドアのノブに触れた。それは音もなく回った。こめかみに痛いほどの拍動を感じながら、眞生はドアを手前に引いた。

すばやく中に滑《すべ》り込《こ》み、ほの暗い天井灯《てんじょうとう》に照らされた廊下に上がる。すぐその先が、窓に面した部屋のようだ。

眞生は唾《つば》を呑み、一歩踏み出した。

家の中からの方がむしろ声が聞き取りにくい。眞生はもう一歩、ドアに近づいた。そのとき、年代ものらしい床がギイッと高くきしんだ。眞生は爪《つめ》のある獣《けもの》に心臓を掴《つか》まれたように立ちすくんだ。

「誰だ?」

割れた声とともにドアが開いた。リビングらしい空間を背にした桂が、仮面のようにこわばった顔を向けていた。

眞生はとっさに、当初の用件をそのまま口走った。

「あの、すいません、お休みなのにいきなり来ちゃって。足がちょっと……」

奥で何やら人影が動いた。思わずそちらに伸び上がる。窓を背にしたソファにしどけなく寄りかかっていたのは、桃園スイミングで見知った顔だった。

「酒井《さかい》さん――？」

女は襟元《えりもと》を直しながら、愛想笑《あいそわら》いを浮かべて会釈《えしゃく》した。

「あら、羽角《はずみ》先生。先生もこちらにかかってらっしゃいますの」

眞生が何とも答えないでいるうちに、彼女は身づくろいして立ち上がっていた。

「なんですか、急に肩が痛くなってしまって。時間外に、どうもありがとうございました」

早口に言い、上気した顔で眞生の横をすり抜けていく。その女の襟あしに、濃い痣《あざ》があった。

眞生は女の後ろ姿から目を離し、桂に向き直った。石のような沈黙が二人の間に落ちた。

やがて桂はふーっと息を吐《は》き、

「来るなら来ると……」

言いかけるのを、眞生は低い声で遮《さえぎ》った。

「桂さん。どういうことですか」

きっと、さぞ怖い顔になっているだろう、と思った。

だが桂は、いつかの逆ギレ中年男に対していたときと同じように、爽《さわ》やかな調子で返してきた。

「嫌だな。あんなのに本気になると思った？」

いちゃついていたのを否定しようとしないことに、眞生はむしろたじろいだ。

もどかしい思いで首を振る。

「誰に本気とかでなくて……桂さん、もう遊びは嫌だって」

桂は誠実そのものの眼差しを眞生に注いで、こう言った。

「君を大切にしたいからだよ」

桂が何を言っているのかわからない。まるで民話の鶴女房にでもなったみたいだ。

眞生は呆然《ぼうぜん》と目を瞠《みは》って、ただ相手の口が動くのを見ていた。

「本気の恋は君と。ゆっくり時間をかけてわかり合いたい。そうだろう？　でも君も男なら男の生理はわかるよね。出すだけの相手を君が気にすることはないんだよ」

眞生はまじろぎもしなかった。瞬《まばた》きしたら涙がこぼれてしまいそうだった。

情けなかった。裏切られたことがではなく、こんな得手勝手な理屈を真顔で押しつけてくる男、恋も性もいっしょくたに玩具《おもちゃ》にしているような男を、好きになってしまったことが。

自分はこの人の本当の姿を知ったと思っていた。自分だけにそういう姿を見せてくれたのだと。

だが、この人が「誤解される」と言っていた姿こそ本性だったのではないか。そして心が弱っていなければ、薄っぺらい同情と共感に目を曇《くも》らされることもなかっただろう。

許せないのは、そんな自分の愚《おろ》かさと弱さだ。この人ではない。

「これっきりにしてください」

低い声で、眞生は切り出した。

「俺、もう、ここには来ませんから」

「何を怒ってるのかわからないな。君は何も損したわけじゃないだろう」

桂はしゃらっと流した。聞きわけの悪い子供のように扱われていると感じた。眞生は相手を責めまいと思っていたことも忘れ、大きな声を出してしまった。

「俺こそわからんです。桂さんにとって俺って何なん？　あんた、何考えちょるんね？　好きな人がおって、ほかの人と……！」

昂《たか》ぶってお国言葉が丸出しになってしまう。それを恥ずかしいと思う意識も吹っ飛んでしまっていた。

「まあ落ち着いて」

ね、と肩に手を置かれる。その手の温《ぬく》もりが、幸せな記憶を呼び覚ます。眞生はそれを振り払うことができなかった。

「よく話し合おう？　そうしたら、お互い誤解があったとわかるよ」

まだ騙《だま》されたがっている。上手《じょうず》に騙してほしがっている自分がいる。

眞生は迷った。

この人は本当にわかっていないのかもしれない。自分のしたことで、眞生がどれだけ傷つくか。遊び相手とは違うと言われても、君が本命だと言われても、嬉しくなんかない、ということが。

もしそれをわかってもらえたなら、まだやり直しはできるかも……。

桂の手に押されるまま、眞生はリビングに入り、ドア近くの椅子にすとんと腰を落とした。

「待って、今、お茶を淹《い》れるから」

桂は眞生に背を向けて、いそいそとカップボードからカップを取り出し、ティーバッグにポットの湯を注いだ。眞生が待つと信じている背中を見ては、席を蹴《け》って帰る気持ちにはなれなかった。

コポコポというのどかな音がやがて止まり、

「お待たせ。どうぞ？」

桂はにこりと微笑《ほほえ》んで、ダイニングテーブルの上、眞生の前に大ぶりのカップを置く。

不思議な香りだった。甘くて重い。「月桂樹」では、診療《しんりょう》を待たされるときは必ずお茶が出たが、これまでに嗅《か》いだことのない匂いだった。

動物的な警戒心《けいかいしん》から、真生はおそるおそる一口啜《すす》った。鼻孔を満たした匂《にお》いが口の中にも充満する。とたんにくらっと視界が揺らいだ。

目の前に虹色の光の輪が浮かぶ。それがいくつにも増殖《ぞうしょく》して、ぐるぐると回り始める。胸がむかつき、鈍い頭痛がした。

眞生は右手の甲で額を支え、荒い息をついた。

「気分が悪そうだね」

桂はたいして驚いたふうでもなく、静かに声をかけてきた。

「少し休む？」

眞生は首を振った。すると、虹の輪が大きく回転した。ますます気分が悪い。ぎゅっと固く目を閉じる。

「いい。家に帰る」

テーブルに手をついて立ち上がろうとした。その腕が、骨を抜かれたようにくたくたとくずおれる。

「ほら、危ない」

がしっとわきの下を支えられて、椅子に戻された。

眞生は何とか自分の足で立とうとした。だが、足もまた、血の通わない棒切れのようで、眞生を支えてはくれなかった。

「すみません……車、出してくれませんか……アパートまで……」

さっきまで別れ話をしていた相手に頼めることではないと思ったが、これほど具合が悪くなったのは初めてで、すっかり気が動転していた。

とにかく自分の部屋に戻ること。眞生にはそれしか考えられなかった。

不思議なのは、日ごろあれほど眞生の体を気遣《きづか》ってくれる桂が、動揺するそぶりもないということだ。

眞生は肘《ひじ》で上体を支えながら、重い頭をもたげて斜《なな》めに桂を仰《あお》いだ。

椅子の背に手を載せた桂は、薄い笑みを浮かべていた。

そして、眞生の顎《あご》を後ろからすくうように持ち上げ、耳もとに声を吹き込んできた。

「帰すと思う？」

猫科の獣《けもの》に、ざらりと喉元を舐《な》められたような気がした。

「桂、さん……？」

舌が重くもつれた。重いのは口だけではなかった。いまや、体中が糸の切れた操《あやつ》り人形のように力を失っている。

その体がぐいと引き起こされた。抱《かか》える手を振り払うこともできない。くたりと全身を預けて、眞生は目まいに耐えていた。

「――二階までは無理か」

桂は軽く舌打ちした。

「効き過ぎだな。君は薬物に慣れてないから」

薬物、という言葉が頭にしみこむのに、数秒かかった。それから眞生は、弱々しくもがいた。

「桂、さん、いったい、何を」

「君はね。とっくに落ちてるんだよ。僕が誰と寝ても自分には関係ない。そうは思えないんだよね？　なのに強情《ごうじょう》を張るから。無理にも解放してやらないといけなくなるだろう」

廊下を引きずられるように進み、診察室から施術室《せじゅつしつ》へ。いつも使っている右側の施術台に、どさりと横たえられた。

桂は手早く眞生の着ているものをはぎとっていく。抗《あらが》おうとしても、思うように手も動かない。

「力が入らないだろう？　それは経口投与した弛緩剤《しかんざい》の効果だよ。緊張が強すぎる患者《かんじゃ》さんにほんの少しだけ使うんだけどね。それともう一つ」

いたずらっぽく指を立ててウインクする。

桂は、浅い抽斗がずらりと並ぶキャビネットから、青いガラスの小壜《こびん》を取り出した。スポイトで慎重《しんちょう》に吸い上げ、窓枠《まどわく》に置いたアロマポットに数滴落とす。

それはすぐに熱せられて、甘苦いような香りを放ち始めた。

不思議なことに、その匂《にお》いを嗅《か》ぐと、頭のどこかが妙に冴《さ》えてくる感じがした。知識や理性とは別の部分。いや、それらを剝《は》ぎ取《と》った後に残る本能だけが。

抑《おさ》えこまれていた根源的な欲望が目覚め、鎖《くさり》を引きちぎって走り出そうとしている……。

眞生は小さな固い枕《まくら》の上で、頭を振った。今度は目が回らない。回転する虹は、どんどん薄れていく。確かめるようにぱちぱちと瞬《しばたた》く。

桂は何もかも呑《の》み込《こ》んでいる様子でうなずいた。

「少し醒《さ》めてきただろう？　それでいいんだ。あのままだと、感覚まで鈍《にぶ》ってしまうから」

おそるおそる身を起こし始めたところを、両手を後ろ手に捻《ねじ》られ、手首を縛《しば》られた。低周波治療のとき足首を固定していたのと同じ、黒いマジックテープだ。膝《ひざ》と足首もそれぞれ括《くく》られる。頭がはっきりしてきても、体の自由はもう取り戻せない。

「このアロマはね。感覚を鋭敏《えいびん》にする効果があるんだよ。それも動物的な感覚。最初の薬剤でノックダウンした身体機能が速やかに回復する。あれは、君の自由を奪う間だけ効けばいいわけだから。大丈夫、後には残らない」

桂は、治療計画を説明するときのように、穏やかにきびきびと言う。そこへ、粘《ねば》っこい声でこう付け加えた。

「それと、副作用として……欲しくなるんだ。とても激しく」

何を、と聞かなくてもわかった。すでに眞生の股間《こかん》は、痛いほど張りつめていたのだ。

「薬の影響かな。先走りが多いね」

もうぬるぬるだ、と薄く笑う。耳をふさぎたくなる恥ずかしさだった。

「何度か試したから、僕は耐性ができている。コントロールは効くよ。いつもよりエッチになっちゃうけどね」

ぐるりと体を返される。額を枕に押し付けられ、縛られた膝を台に、すぼめた尻《しり》が高く掲《かか》げられるかたちになった。

「やっ……こんなん、やだ……っ」

眞生は身をよじった。だが、手を後ろに回されて頭を押さえられていては、撥ね返すこともできない。足が開けばどうにかなりそうだが、それも早手回しに封じられていた。

「見せてもらうよ?」

その言葉とともに、尻の間に手が差し込まれ、指で開かれる。

「や……!」

閉ざされた場所に冷たい空気が滑り込む。強い視線を尻の狭間《はざま》に感じて、眞生はぶるっと腿《もも》を震わせた。

前からはひっきりなしに粘《ねば》っこい雫《しずく》が垂《た》れて、閉じた太腿がべとべとする。糊《のり》の効いた純白のシーツに染みが広がっていることだろうと思うと、身も世もなく恥ずかしい。

桂の指の腹が襞《ひだ》を擦《こす》る。汚《きたな》い、いやらしい、と思うのに、触れられたところからむず痒《がゆ》いような疼《うず》きが広がって、前がいっそう膨《ふく》れ上《あ》がるのがわかった。

「……ん、んんっ……」

いっそシーツに擦りつけて解放されたい。だが膝が括られていて、腰を落とすことはできない。眞生は耐え切れず、泣き声を上げた。

「前……頼むけん、前を、いろうて……っ」

「いろう、って？」

「触って……いじって……」

「前をね」

くふ、と喉の奥で笑い、桂は背後から回した手を眞生の胸に滑《すべ》らせた。小さく尖《とが》った乳首《ちくび》は、指の腹が掠《かす》めただけで、電流でも走ったようにびりっと疼《うず》いた。

「ひっ」

背筋が反り返る。

桂はその背を抱え込み、二つの尖りを同時に摘《つま》んだ。指の腹を擦り合わせてくりくりと転がす。それが何かのスイッチででもあったかのように、放置されたままの雄《オス》から新しい雫が滴《したた》った。

眞生はあえぎあえぎ訴《うった》えた。

「ちがっ……そこや、ない」

「ちゃんと言ってくれなきゃわからない」

眞生は羞恥《しゅうち》に身を揉《も》みながら、故郷でのそれの呼び名を口にした。桂は問い返さなかった。

おそらく全国共通の呼称なのだろう。

恥ずかしいことを言うだけ言わせておいて、桂は後ろに指をこじ入れてきた。きゅっとすぼまるのが自分でもわかった。そこが火がついたように熱い。むず痒さは紙一重で痛みに変わりそうなほど激しくなっていた。

「薬の効果で緩《ゆる》んでるかと思ったけど……すごくきついな」

桂はあからさまに喉を鳴らした。指を抜いたかと思うと、飢《う》えた肉食獣《にくしょくじゅう》のような動きで尻の双丘《そうきゅう》を摑み、割り広げる。

「よく見せて。……この締まった穴が、僕をすっかり呑み込んだときどう変わるか見ないとね」

背中から覆《おお》いかぶさり、おぞましい言葉を耳に吹き込んでくる。眞生は嚙み締めた唇から低い呻きを漏《も》らした。

信じられない。自分の身にふりかかっていることが。あの優しい癒《いや》しの手が、自分のからだをこんなにも淫《みだ》らにかき乱しているということが。

何より信じられないのは、自分のからだがその瞬間を、桂によって深く穿《うが》たれることを待ち望んでいるということだった——。

「大丈夫。それほど痛くはないよ」

桂は初めて鍼《はり》を打ったときと同じ調子で言う。

そしてズボンの前を開け、自分のいきり立ったものを抜き出し、眞生の太腿に擦りつけてき

た。その熱さと質量に、眞生はおののいた。

火照《ほて》るすぼまりを宥《なだ》めるように、とろりとした冷たい滴《しずく》が塗《ぬ》り込《こ》められる。桂のものもすでに濡れていたが、それとは違う液体らしかった。

「乾《かわ》いてると辛《つら》いからね」

濡れた指で、桂はゆっくりと掻《か》き回《まわ》す。縁の固いところは強く揉みほぐすように。内部の柔らかな粘膜《ねんまく》はそっと掠めるように。

蕩《とろ》け具合を見るためか、中で二本の指を開かれたときは、眞生は自分が裏返しになるような恐怖にかられ、しゃくり上げた。

「いやっちゃ、こんなん、も、いや……あっ」

指が抜き取られると同時に、大きなものがひと息に押し入ってきた。

「あーっ！」

息が押し出され、桂が体を引くと、ひゅっと音を立てて肺に空気が入る。呼吸さえ、もう自分の意のままにはならない。

自分のからだが自分の心を置き去りに、味わったこともない深い快楽に溺《おぼ》れていく。桂の律《りつ》動《どう》が速くなることを、終わりが来ることを、眞生はひたすら待ち望んだ。

やがて、ぎゅっと強く腰を引きつけられ、奥深いところで桂が弾《はじ》けるのがわかった。

桂は穴の縁に張り出した部分を引っ掛けて揺すぶり、まるで一滴残らず絞《しぼ》りきろうとするように引き抜いた。ずるりと縁が擦られる感触に、眞生はのけぞった。ぶるっと震え、自分もしたたかにシーツにぶちまけた。

がくりとくずおれる体を支えられ、手早く縛《いまし》めを解《と》かれる。仰向《あおむ》けに横たえられると、腕がほどけて台から垂《た》れ、膝頭《ひざがしら》が大きく開く。陸に打ち上げられた魚のように、びくびくと内腿が痙攣《けいれん》する。

とんでもない格好になっているとわかっていても、膝を閉めることも前を隠すこともできない。最初の薬はもう抜けているはずなのに、力が入らなくなっていた。

桂はそのあられもない姿にまた欲を誘われたのか、息を荒げてのしかかってきた。今度は正面から、濡れて光るたくましい屹立《きつりつ》が、ひくつく後孔《こうこう》に再び埋《う》め込《こ》まれる。もう嫌だと首を振っても、そこは桂を呑み込んで離さない。

桂はゆっくりと腰を揺すりながら、眞生の首筋に軽く歯を立ててきた。痛みはすぐにむずむずとした疼きに変わる。そこを舐められると、頭の芯までとろけるように心地よかった。からだ中が、刺激のすべてを性感に置き換えているかのようだ。

「体がやわらかくて締まりがいいと、こういうこともできそうだな」

桂は眞生の片膝を掴んで押し上げ、繋《つな》がったままで体勢を変えようとした。貫《つらぬ》かれている部分が捩《よじ》れるようで、眞生は短い苦痛の叫びを上げた。桂はすかさずローションを足す。深く刺さったままの桂自身が、ぐちゅ、と淫靡《いんび》な音をたてて眞生の中で回転した。

「ひあ……あっ」

引き攣る痛みはすぐ甘い波に覆われて消えてしまう。

膝を開き、つま先でシーツの襞を摑んで、眞生はねだるように自分から腰を突き上げていた。

再び白濁《はくだく》したものをシーツにこぼしたとき、眞生は四角い枕にも点々と水滴が滲《にじ》んでいるのに気づいた。枕にきつく顔を押し付けられると、唇がそれに触れた。塩辛《しおから》い。

まだぱたぱたと落ち続けているそれは、自分の涙だった。


腕の中のからだがぴくりと身じろぎした。桂は反射的に抱き締める。まだ離したくない。

根元まで突っ込み、揺すぶり、最奥《さいおう》に放った。眞生も泣きながら達した。久々に、底なしの快楽に浸《ひた》ったという実感があった。

なのに、存分に蹂躙《じゅうりん》してなお、相手を摑みきれていない気がする。やむをえず薬の助けを借りたことが心に引っかかっているのかもしれない、と思った。

我ながら下手《へた》をうったものだ。基本的にターゲットは一人だが、たまにかぶることもある。

しかし、同時進行の二人を目の前で鉢合《はちあ》わせさせるなどという不様なしくじりは初めてだった。

休診日に眞生は「月桂樹」に来ない。そんな思い込みがあったから、だけではない。まるで自ら修羅場《しゅらば》を招き寄せようとしているかのような、この数日だったと今にして思う。なぜあんなにムキになってしまったのか。女のことにしても、うまくごまかす手がないわけではなかった。相手が眞生なら、いくらでも丸め込めたのではないか。非難がましい目つきに腹が立った。鈍《にぶ》いくせに寛大《かんだい》でないのが気に入らなかった。だとしても、そんなものはゲームの薬味と思えばよかったのに。

要するに自分も待てなくなっていたか、と気づいて桂は苦笑した。

眞生が自分の中で侵《おか》すことのできないものになってしまいそうで、自分を変えられてしまいそうで、多少強引な手を使ってでも、汚《よご》してしまわずにはおれなかった。自分のものでまだ誰にも散らされていない後孔を穿《うが》ち、自分の方が眞生を変えてやるのだ、という手応《てごた》えがほしかったのだ。

眞生は桂の腕に拘束《こうそく》されたまま、低く呻《うめ》いた。なだめるように背を撫《な》でてやる。これもまた、自分らしくない行動だと思った。

女は余韻《よいん》に浸《ひた》るのが好きだ。

女は抱かれていればいいから、いつでも可能な状態だろうが、男はそうはいかない。火縄《ひなわ》銃《じゅう》のようなものなのだ。いったん発射したら、次の弾《たま》をこめるのに手間取る。自分の態勢が整っていないときには、女に優しくなんかできない。

男はそこがわかっているから、事後に甘えたりしないのがいい。これまではそう思っていた。だが、初めての経験に惑乱《わくらん》している若い男を甘やかし、優しくしてやるのも悪くない。

桂は身を起こして、ベッドの脇の棚《たな》から新品のハンドタオルを選び出した。傷つけないように注意を払ったつもりだが、かなり抑えが効かなくなっていた。さんざんに散らした花芯《かしん》を、洗いざらしのごわごわしたもので擦るわけにもいかないだろう。

そっとベッドから降り、施術室の隅の手洗い場でタオルを湿らせる。湯で絞《しぼ》ってきたそれを、うつぶせた男の尻の間に差し入れて、拭《ふ》き清《きよ》めてやろうとした。

その手が、ぴしりと振り払われた。

桂ははっと息を詰め、むくりと身を起こす男を凝視《ぎょうし》した。

眞生はさえざえと醒《さ》めた目をしていた。虹彩《こうさい》が広がって、いつもよりいっそう瞳が黒々として見える。

その目で桂を見据《みす》え、眞生は乾ききった唇を舐《な》めた。

「俺に、触んな」

掠《かす》れた声だった。

さきほどの高い囀《さえず》りが嘘のようだ。いつもより低くしわがれている。少々喉を痛めたのかもしれない。

泣かせすぎたか、と自省するいっぽうで、もう一度鳴かせてみたいという欲が勃然《ぼつぜん》と湧《わ》き上《あ》がってきた。

まだ足りない。まだきわめていない。この飢餓感は何だろう？

そうだ、こんな狭《せま》い施術台でなく、やはり二階の自分のベッドで。しっかりと醒めた頭に愛の言葉を満たして、薬に頼らず、理性のたがを撥ねとばしてやりたい。その手足を桂のからだに絡め、ねだる言葉を口にするまで、何度でも。

桂は毛を逆立てた野良猫をなだめすかす微笑を浮かべて、もう一度手を伸ばした。

「君は横になっていればいい。すっかり綺麗にしてあげるよ」

眞生は桂から目を離さないまま、台の上で後ずさった。

「いい。いらん。ええけ、二度と、俺に触んな」

言い捨てて、ふらふらと台から降り立つ。

桂は思わず手を差し伸べたが、両足が地に着くと、眞生は急にしゃんとなった。そして、床に散らばる衣類をめちゃくちゃな速さで身にまとい始めた。

そんなふるまいにも、青臭《あおくさ》いほどの若さが感じられる。いじらしい。いとおしい。それでいて、なぜか苛立たしい。

桂は腕組みして、冷笑を浮かべた。

「なに被害者ぶってるの？　君だってよかったくせに。ああ、録音しとけばよかったな、滅多《めった》に聞けないよがり声だったよ」

からかい半分、共犯意識を煽《あお》るのが半分だったが、相手はまっこうから撥ね返してきた。

「やけん、嫌なんや！」

眞生は叩きつけるように叫ぶと、胸のあたりをぎゅっと摑んだ。切れ上がった眦《まなじり》が紅《べに》を刷いたように染まっている。怒りだけではないその表情は、今までにない艶《つや》を眞生に与えていた。

桂は息を呑んでただ見守った。

ふっとその強気が崩《くず》れた。

「痛《いと》うしてくれたらよかったんや。そしたら、あんたのこと思いっきり憎《にく》んでやるのに」

桂は口元を緩《ゆる》めた。なんと可愛《かわい》いことを言うのだろう。

負けずに桂も憎まれ口を叩いた。

「好きだから、嫌いになりたいんだろう？」

眞生は弾《はじ》かれたように顔を上げた。その顔がくしゃっと歪《ゆが》む。泣き出すかと思った。桂はたじろいだ。

意地悪な軽口でくすぐって、むかつかせながら笑わせて、少々きついじゃれ合いに持っていく。そんな手管《てくだ》は、やはりこの青年には通じないのか。

「あんたなんか好かん、いっちょん好かん！」

咆哮《ほうこう》するなり、眞生は部屋を飛び出して行った。

乱れた足音は、いったん玄関の方に向かった。それから、いっそう荒い足取りで引き返してきて、裏口に抜けて行ったようだ。

すぐに、激しくドアを叩きつける音がして、静かになった。

野生の獣が檻《おり》を破って逃げて行ったようだ、と桂は思った。


眞生《まき》はアパートに帰るなり、シャワーも浴びずにベッドに倒れ込んだ。

明け方目を覚ましたとき、眞生はそのことを深く後悔した。

なにしろひどい気分だったのだ。髪にも肌《はだ》にもあの媚薬《びやく》効果のあるアロマがしみ込んでいて、一晩中うなされた。

悪夢を見たのは、アロマのせいとばかりは言えない。慌てて着て帰った下着は、桂《かつら》が注ぎ込んだものが溢《あふ》れ出《だ》したとみえて、粘《ねば》つく液体で湿っていたし、からだ中に桂の痕跡《こんせき》が残っていた。

シャワールームの鏡に映《うつ》った自分の姿を見たとき、眞生は壁に手をついて思わずえずいた。

体の上を通り過ぎていったはずの桂が、まだそここに蟠《わだかま》っているようで。

その痕跡が体から消えるまで、誰の目にも触れたくない気分だった。

それでも「病気でも何でもないんだから」と自分に言い聞かせ、だるい体に鞭打《むちう》って、月曜日から大学にもバイトにも出た。

桃園《ももぞの》ではさすがに人目《ひとめ》が気になって、ジンマシンと嘘をついて水着の上に薄いTシャツを着る許可を貰《もら》った。

——そろそろTシャツは脱いでもいいか。

一週間ぶりに水着一枚でプールサイドに立ったのは、やはり土曜の午後のことだった。

飛び込み台に立ち、生徒たちにターンの練習をさせているとき、青いイルカのドアが開いた。

何気なく目をやった眞生は、悪夢の続きを見ているのかと思った。

水着姿の桂が颯爽《さっそう》と入ってきたのだ。

桂はまったく平気な様子でいつものようにストレッチをし、シャワーを浴び、金褐色《きんかっしょく》の髪を水泳帽に押し込んで第四コースに飛び込んだ。

眞生はその姿から目をそらし、詰めていた息を吐《は》いた。そして、なぜ自分の方が目をそらさねばならないのか、と唇を摑んだ。

自分にやましいところはない。恥じるべきは相手の方だ。

だが、昂然《こうぜん》と頭を上げたとき、『なに被害者ぶってるの』という言葉が耳の奥でこだました。

眞生はいったん上げた頭をがくりと垂《た》れた。

怪しげなアロマに支配されたとはいえ、快楽に溺《おぼ》れた事実は消えない。自分から腰を突き上げ、あられもなくよがった。あれに触ってくれ、と自分は何度懇願《こんがん》しただろう。

はっと気がつくと、次の指示がないことを怪しんでか、子供たちが水面から見上げていた。

眞生はパンと手を叩いた。

「よーし、よくできた。次は飛び込み、な」

今度は自分が水中から飛び込み姿勢をチェックする。

「腹を打つぞ！　もっと頭を腕につけて！」

声を張り上げる眞生の腰に、すぐ横で泳ぐ桂の掻《か》いた水が、輪を描いてぶつかってくる。突き入れられて揺すぶられて……回されて。からだに刻まれた記憶が、水を伝わってくるようだった。

全身が火照《ほて》ってきた。悔《くや》しさと恥ずかしさ、そしてわけのわからない焦燥《しょうそう》に身を焼かれる。

眞生はレッスンに集中しようとした。いきおい、いつもより熱が入った。

「羽角《はずみ》先生、今日怖いね」

「いつも怖いじゃん」

子供たちのそんな言葉に、桂に掻き乱されてしまう自分を思い知らされて情けなくなった。

終了五分前に桂が上がっていったときは、その場にしゃがみ込んでしまいそうなほど消耗《しょうもう》していた。

帰っていく子供たち一人一人にチェックシートを渡し、眞生は講師控室《ひかえしつ》に戻った。

「おう。今日は気合入ってたな」

後から戻ってきた田沢《たざわ》が一声かけてきた。

彼の目にも、平常の自分ではないことがわかるのか。もし桂がこれからも通ってくるとしたら、自分はいったいどうしたらいいのだろう……。

着替えを済ませた後も、控室にぐずぐずと居残っている眞生を見て、田沢が妙な顔をしていたが、すぐ外に出る気にはなれなかった。

眞生はさらに、ギャラリーで三十分ほども時間を潰《つぶ》してから玄関を出た。階段の上からそっと覗《のぞ》いてみたが、そこに桂が潜《ひそ》んでいる様子はなかった。

思い切って降りてみる。

駐車場に、あの派手な車はなかった。

——本当に泳ぎに来ただけだったのか。

ほっとすると同時に、むらむらと腹が立ってきた。

桂は声をかけるどころか、自分を見ようともしなかった。自分のしたことを後悔もしていなければ、詫《わ》びるつもりもないということか。

自転車にまたがり、憤然《ふんぜん》と漕《こ》ぎ出《だ》す。そのとき、携帯が鳴った。

飛び上がりそうになった。桂からの着メロだったのだ。

眞生は自転車を止めた。

足を地面につけ、片手でハンドルを押さえて、空《あ》いた手で携帯をポケットから抜き出す。「桂」という文字の浮かぶ画面をまじまじと見ている間も、もう耳慣れた軽快なクラシックは流れ続けていた。

留守電に切り替わる寸前に、眞生は通話ボタンを押した。耳に押し当てたまま息を殺す。

ソフトな声が耳をくすぐった。

『眞生？　仕事は終わったよね？　これから「月桂樹《げっけいじゅ》」に来れる？』

黙っていると、さらにこう続けた。

『さっき、ちょっと足をかばっていたね。また痛くなってるんじゃないの？　気持ちよくしてあげるから……』

眞生は鋭くあえぎ、電源ボタンを押して通話を切った。

だが携帯をポケットに押し込んだとき、再び同じメロディが流れ出した。

眞生は何かに操《あやつ》られるように、またもや通話ボタンを押していた。桂が何を言うのか聞かずにおれないのが不思議だった。

相手は一方的に切ったことをなじるでもなく、切れたところから話を続けた。

『遅くなってもいいからおいで。待ってるから。鍵《かぎ》を開けて、一晩中でも』

眞生は目を瞬《しばた》いた。

桂の言葉が、甘い毒のように耳に流れ込んでくる。しんから心配している調子だ。あんなことがあったなんて自分の妄想《もうそう》ではないかと思うほど、真摯《しんし》な情が溢《あふ》れている。

もう少しで「はい」と言ってしまいそうだった。

眞生は、今度はボタンを長押しして電源を切った。

携帯は鳴らなくなっても、見えない糸の先に桂がいることを、眞生はひしひしと感じていた。


結局、月曜日まで電源は切ったままだった。あのメロディを聞きたくなかった。聞けば、また通話を受けてしまうという気がしたのだ。

大学では、講義の間は携帯は切っておくきまりだ。それでも机の下でせっせとメールを打っている学生もいるが、眞生はもともとあまりメールはしない。今はなおさらだ。

午前の講義が終わると、眞生は食堂に足を運んだ。ミートスパの皿とウーロン茶のボトルをトレイに載せ、あたりを見回す。

中庭に面した窓のそばのテーブルに、知った顔があった。かぶさってくる髪をかき上げながら、ラーメンを啜《すす》っている。その男子学生とは、同じ講義を受けるうち、九州出身とわかって、たまに一緒に昼食をとる仲だった。

相手が一人なのは好都合だ。

眞生は「ここ、いい?」と声をかけた。男は、丼《どんぶり》から目を上げて「おう」とうなずく。

向かいの席に腰を下ろし、スパゲティには手をつけないまま、眞生はタイミングを計って相談をもちかけた。

「なあ、いやなヤツからの電話を受けんですむ方法ってある？」

相手はラーメンのツユにむせ、まじまじと見返してきた。

「おまえ、ほんとに」

何か言いかけて首を振り、人のいい笑顔になった。

「着信拒否の設定すりゃええよ。貸してみ？」

眞生が携帯を渡すと、親指を忙《せわ》しく動かして電話帳を開く。

「誰？」

「カツラ」

その名を告げるとき、ざわっと胸が波立った。

「ついでに削除する？」

削除、という言葉が痛い。自分の身を削《けず》られるような思いで、眞生はうつむいた。

「……うん」

「ほい。これでもうかかってこんよ。ばってん、電話番号知られとるんやったら、ほかの電話からかけられっど」

ほかの電話といえば「月桂樹」の固定電話だ、と思いついた。

「それじゃ……これも」

パスケースから診察券を取り出し、その番号を示す。相手はちょっと眉《まゆ》を吊《つ》り上《あ》げたが、何も言わず設定してくれた。

ぱちんと閉じて返してよこしながら、「おせっかいかもしれんけど」とつけ加える。

「やばいと思うたら、携帯も買い換えたがええよ」

そんな余裕はなかったが、眞生は「わかった、ありがと」とだけ言って、携帯をしまった。

その後はそれぞれ麺《めん》をすすりながら、後期試験の追試のことや、三年で教育実習をとるかどうかなど、この時期誰とでもするような話をした。相手が桂のことを追及しないのはありがたかった。

先に食べ終わった学生は、じゃ、と軽く会釈《えしゃく》して席を立つ。眞生はもう一度「ありがとな」と応じた。

やがて眞生も食べ終わって席を立った。皿を食器回収口に戻し、食堂を出ようとしたとき、眞生はもう一度診察券を取り出して眺《なが》めた。

——これはもう必要ない。二度と行かないんだから。

その診察券は、学生証やキャッシュカードと違って、紙製のカードだった。ならば破れる。破ろうと思った。

真ん中のところを両手の指で挟《はさ》み、力を込める。名刺と同じく和紙でできているそれは、繊《せん》維《い》の引きが強いせいか、抵抗を感じた。

とたんに、足がずきりと疼《うず》いた。

「つっ……」

それはまるで、守り手を失った雛鳥《ひなどり》が、眞生に抗議しているかのようだった。

脇によけ、しゃがみ込んで擦《さす》ってみる。スニーカーの上からでは気休めに過ぎない。そこに人肌《ひとはだ》の熱が欲しい。包み込む手が欲しい。

欲しいのはそれだけではない。『患者《かんじゃ》を信じなくてどうします』『早く楽にしてあげたいから』。あの温かい言葉も、もう自分のものではない——。

桂のせいで泣くのは二度目だ、と思った。「月桂樹」を飛び出したときは、二度と泣くまいと思ったのに。

「ちくしょう」

ぐい、と腕で目を擦《こす》り、立ち上がる。出口のところですれ違った女子学生が、びっくりしたように口を開けているのがわかった。

眞生は早足で、人気《ひとけ》のない方へとキャンパスの小道をたどった。木陰《こかげ》のベンチによろよろと腰を落とす。

靴《くつ》を脱《ぬ》ぎ、持っていたカイロを揉《も》んで、温かくなるのも待てず、痛む部分にかぶせた。

その無機質な温《ぬく》もりが空《むな》しい。桂が恋しい。

だが、間違ってはいけないと思った。自分が好きだったのは、あの桂ではない。作られた虚《きょ》像《ぞう》に恋をしたようなものだ。桂はずっとウソをついていたのだから。

本気の恋なものか。からだだけが目当てに決まっている。そうでなくて、薬物など使うはずがない。性に不慣れな眞生のからだを最大限に美味しく料理するために、濃厚なソースを使ったというところだろう。

そういうことは、あの人が隠していたのか。自分が知ろうとしなかったのか。

どちらとも言える、と思った。

寂しさ、よるべない頼りなさを誰かに埋《う》めてもらいたかった。だから、あの人の本当の姿を見ようとしなかったのかもしれない。

あれ以来、あえて考えないようにしていたことを、明るい日の注ぐベンチで考えているのが不思議だった。

早い春の陽だまりの中で、冷たい風と温かい陽射しの両方に身をさらしていることが、さながら桂という人間に包まれているようにも思える。

華のある美貌《びぼう》にふさわしく、いかにも遊び慣れた都会人、という第一印象。その印象とは真逆な、水術と鍼灸《しんきゅう》という古風な技の持ち主。

温かく優しく、毅然《きぜん》とした治療者。そして人を人とも思わない好色なエゴイスト。

そのどれが本当の桂なのだろう。

心とからだの痛みに震えながら、眞生はそれでも陽射しの温かさに目を瞬《しばたた》いた。どうせ治らない、と頑《かたく》なになっていた心も患部も、温めてくれた手を思い出す。自分を恥じ、運命を恨んでいたとき『好きだよ』と囁《ささや》きかけてきた、情愛溢《あふ》れる声も。

それらはあの暴虐《ぼうぎゃく》の一夜と同じくらい、自分の身に深く刻まれている。忘れることはできないと思った。

眞生は、わずかに綻《ほころ》びた薄緑のカードをしばらく眺め、またパスケースに戻した。

更衣室《こういしつ》のドアを出るとすぐ、桂はシャワーに向かって歩きながら横目で眞生を探した。そして思わず足を止めてしまった。

第五コースで生徒たちを指導しているのは、見覚えのない女性コーチだったのだ。

桂は混乱した。まさか、という思いでプールの中を見回す。たまたまほかのクラスのコーチでもしているかとも思ったのだ。

だが、眞生の姿はどこにもなかった。

嫌な動悸《どうき》がした。

数日前、何度か迎えに行ったことのある眞生のアパートを訪ねたときにも、桂は同じような思いをした。

電話がつながらなくなったとき、桂は事態を軽く考えていた。よくあることなのだ。本当に別れる気もないくせに、思わせぶりをするときは、まず電話を拒《こば》む。

眞生に限って「思わせぶり」はなかろうが、拗《す》ねているのは間違いない。

よりを戻す自信はあった。逃げたことはあっても逃げられたことなどない。少々ひどい抱き方はしたが、それだって、痛い思いなどさせなかったのだし。

だから、アパートの郵便受けから「羽角」の名札が剝《は》がされ、電気もガスも止められているのを見たときは、純粋《じゅんすい》に驚いた。

そのとき桂は、ひょいと肩をすくめたのだ。「次の土曜日には嫌でも会えるさ」と。

しかし今、ここに眞生はいない——。

桂は五十メートルを何度か往復しただけで、水から上がった。そそくさと着替えて玄関のあたりに出てくると、ちょうど初老のマネージャーが壁に記録会の結果を貼り出しているところだった。

桂は自然な流れを演出する手間も惜しみ、単刀直入に問いかけた。

「育成の羽角《はずみ》コーチは、今日はお休みですか」

マネージャーは老眼鏡を押し上げて、けげんそうに見返してくる。

桂はいっそう不器用に取り繕《とつくろ》った。

「いや、彼、私のところにですね、足の治療に来ていたので……」

マネージャーは、ああ、という顔になった。入会のときの書類で、桂の仕事を承知していたからだろう。足の故障を知っていることも、桂の立場を保証してくれたようだ。

相手はとくとくとして個人情報を漏《も》らしてくれた。

「おとといだったか、バイトを辞めたいと言ってきてねえ。厳《きび》しいけど教え方は上手《うま》いんで、慰留《いりゅう》したんですが。彼、いよいよ水泳から足を洗うつもりのようですよ。治癒《ちゆ》の見込みがないからって」

がつんと頭を殴《なぐ》られたような気がした。

あれほど治って水泳に復帰したがっていた青年がすべてを投げてしまうほど、自分は彼を傷つけたのか。

眞生に逃げられたということより、逃げた眞生はこれからどうするのだろう、ということがふいに頭を占《し》めてきた。

大学まで訪ねて行くことは考えなかった。マンモス大学のことだ、誰がいつどこにいるかなど、部外者には調べようもない。

もう何を言う気にもならず、桂は濡れた水着の入ったスポーツバッグを引きずるようにして帰りかけた。

「あのう」と背後から声がかかる。

振り向くと、あの事務員が階段のところまで出てきていた。寒そうに肩をすぼめているが、目には温かな光が滲《にじ》んでいる。

「羽角くん、治療院に通うのも止《や》めてるんですか？　もし何か気がかりなことでもおありなら、今日の学校帰りに、残りの給与を取りに来ると言ってましたから……」

桂は目を瞬いた。

「それは……助かります、ありがとう！」

貴重な情報に、感謝の思いが素直に溢《あふ》れてきた。人目がなければ、この垢抜《あかぬ》けない女にキスの一つもしたかもしれない。

桂は車を筋向かいのコンビニに移動させた。目立つ車なのはわかっている。眞生を警戒《けいかい》させたくなかった。

車の中でどれほど待ったろうか。見慣れた自転車が角を曲がってきて、スイミングクラブの階段下に停まった。

飛び出していきたいのを、桂はじっと堪《こら》えた。あれだけ本気で逃げ回っているのだ。自分の姿を見たら、眞生はバイト代さえ捨てて逃げるかもしれないと思った。けっして恵まれた学生生活でないことを知っている自分が、眞生から生活の糧《かて》まで奪うわけにはいかないだろう。

桂は自分のそうした意識をもはや怪しみさえしなかった。

相手について知りたいと思うのは、それが攻略の役に立つからだった。だが、必ずしもそうではないことに、自分はもう気づいてしまった……。

待つほどもなく、カーゴパンツにウインドブレーカー、キャップを後ろ前に被《かぶ》った青年が階段を降りてきた。遠目にも、いくらか足をかばっているのがわかる。ずっと何の治療も受けていないに違いなかった。ずきりと胸が疼く。

彼が例の自転車に手をかけたとき、桂は車から飛び出した。

「眞生！」

青年はハンドルを握《にぎ》ったまま、わずかに眉をひそめて振り返った。最初に声をかけたのと同じ状況だと思うと、不思議な感慨《かんがい》がわき起こった。

眞生は頬を青ざめさせてはいたが、目を泳がせたり、すきを見て逃げようとしたりはしなかった。意外なほど落ち着いている。

ここしばらく、桂の知らない苦労をしたのか、少し面《おも》やつれして、切れ上がった眦《まなじり》がいっそ凄艶《せいえん》なほどだった。

「――やることやったら、気が済んだでしょう」

二言三言押し問答しただけで、眞生は無表情に切り捨てた。

桂はその取り付く島のなさにたじろぎながら、精一杯虚勢を張った。

「いや、済まないよ。君はまだ治ってないだろう」

眞生は、ふ、と鼻を鳴らした。

「飽《あ》きた相手には『もう治療は終わった』とか言うんですよね」

その舌鋒《ぜっぽう》の鋭《するど》さに、桂は内心舌を巻いた。体育会系ならではの人間関係の難しさとはまた違った形で、人の心の裏表を見てしまった青年は、わずかの間にひどく大人びていた。

桂はとことん下手《したて》に出た。格好をつけている場合ではない。

「機嫌を直してくれ。君とは本当に遊びじゃない。あんなふうに抱くつもりじゃなかった」

今度ばかりは本音だった。遊びのない相手に惚《ほ》れてしまったのが、運のつきだ。

だが眞生は手強《てごわ》かった。

「桂さんの言ったとおりです。俺、遊ばれたなんて被害者意識は持ちたくない。男なんだから責任とってもらわなくていいし。カラダのことだけなら、俺は何もソンしてないんです、そうでしょう」

恨《うら》みごとを言うでもなく、淡々と返してくる。

「責任がないとは言えないだろう」

桂は、相手の胸のポケットからはみ出している茶封筒に目を留めていた。

「君は僕に会うのが嫌さに、バイトまで辞めてしまったじゃないか。大損だろう？　責任をとらせてほしいな。君の学資くらい、僕が」

眞生は一瞬、火になった。

「馬鹿にすんなっ！」

仁王立《におうだ》ちになり、白い拳《こぶし》を振り上げる。ガシャンと音を立てて自転車が倒れた。

「あんた、俺を買おうっちゅうんか。俺ら、そんな仲やったとか！」

握《にぎ》り締《し》めた拳がぶるぶる震えている。

桂は茫然《ぼうぜん》としていた。ようやくわかった。自分のしたことは、泥《どろ》まみれのプライドを、ご丁寧《ていねい》にドブから拾い上げて、相手の顔に叩きつけたも同じだ。

眞生は目尻《めじり》を手の甲《こう》でぐいと擦《こす》ると、とつとつと言葉を継いだ。

「もう俺にかまわんといてください。これ以上、あんたのこと、イヤなヤツやなんて思いとうないです」

桂ははっと顔を上げた。

自分が別れのたびに相手に言ってきた言葉。お為《ため》ごかしの格好つけたいいわけ。

眞生はそれを本気で言っているのだと思った。

これで終わりとばかり自転車を起こしてまたがった眞生は、何を思ってか、足を地面につけて振り返った。

「俺、もう一度大学病院に行ってきました」

桂は目を瞠《みは》って、次の言葉を待った。

「しいて言えばRSDじゃないかって。でも、名前がついただけで原因はやっぱりわからないし、治しようもないそうです。薬物療法も理学療法もたいして効かないんだとか」

そのとき、眞生の顔に強い感情が動いた。

「桂さんに温めてもらって楽になったように思ったのも、俺の勘違いってことです。……何もかも勘違いでした」

苦々しいというよりは、哀切《あいせつ》な口調だった。

「勘違い――？」

眞生はきっと顔を上げた。

「桂さんと恋愛してるというのが、一番大きな勘違いだったんです」

かたちのいい眉《まゆ》がぎゅっと歪《ゆが》む。

桂の胸も締め付けられた。

眞生との日々が、自分にとっても勘違いで片付けられるのかと思うと、やりきれない。

桂は思わず詰め寄っていた。

「待ってくれ。まだ君に話すことが――」

俺にはありません、と吐《は》き捨《す》てるなり、眞生は腰を浮かしてペダルを踏み込む。片足を痛めていてもさすがの脚力《きゃくりょく》で、自転車はみるみる遠ざかった。

桂は茫然と見送るしかなかった。

眞生は敷地はずれの学生寮からキャンパス中央の学生会館までの小道を、ゆっくりとたどっていた。さすがに三月の声を聞くと、桜の花芽も膨《ふく》らんできている。

特待生でなくなってもどうやら学校を続けられるという目算《もくさん》をたてて、今日、正式に退部届を出しに行く。

四月になれば新入部員も入ってくる。その前にきちんとけりをつけておくべきだと思ったのだ。

十日ばかり前、桂と最後に会ったときは、盛大に啖呵《たんか》を切ったものの、まだ新しいバイトも見つかってはいなかった。その当座はずいぶん憔悴《しょうすい》したものだが、アパートの家賃を惜しんで移り住んだ寮にいい先輩がいて、きついが実入りのいいバイトを紹介してもらうことができた。

今日、退部届を出しに行くのにも「何だったらついていってやろうか」とまで言ってくれた。自分のケジメだから、と断って出てきたが、捨てる神あれば拾う神あり。世の中は捨てたものではないと思う。

晴れ晴れと上げた瞳を、眞生はふと翳《かげ》らせた。

捨てる神。あの人との間では、どちらがどちらを捨てたのだろう。

『待ってくれ。まだ君に話すことが――』

その叫びには、胸を揺さぶる痛切さがあった。聞かない、と決めたのは自分だ。すると、自分が桂を捨てたのだろうか。

あれ以来、会うこともなくなった人だけれど、電話帳から削除した番号は、まだ頭に残っている。そして浅緑の診察券も。

眞生は、左の胸ポケットをそっと押さえた。退部届の入った白封筒は、反対側の脇ポケットにあったにもかかわらず。

目指す学生会館には、二十分ほどで行き着いた。正門から来ればすぐだ。いろいろな意味で回り道をしたものだ、と眞生は嘆《たん》じた。

会館の玄関には、新入生歓迎の立て看板がすでに用意されていた。ここの一階に部室を持っているのは、一部の花形サークルだけだ。水泳部はもちろん、一番いい場所を占めていた。

玄関を入ってすぐ右手。部室に来るのも久しぶりで、さすがに敷居《しきい》が高い。「水泳部」と黒ずんだ板が提げてあるその扉をしばらく眺《なが》めてから、眞生は思い切ってノックした。答えを待たず、がらりと引き戸を開ける。

「失礼します」

一礼してさっと見回す。

古い長机が三つ、コの字に並べられている。錆《さ》びの浮いたパイプ椅子もいくつか。壁に試合のスケジュール表が貼《は》られているほかは、何の飾りもない殺風景《さっぷうけい》な小部屋だ。正面の時計の横に木の名札が提げられている。二年生の段で一枚だけ裏返しになっているのが自分の札だった。

部長はいなかったが、副部長と二、三年の部員が数人いた。彼らは、眞生の姿に驚きとまどいを隠せない様子で腰を浮かせた。

「羽角。おまえ、ようやく出て来る気に……」

副部長が言いかけるのを遮《さえぎ》り、

「俺、やっぱり退部させてもらいます。特待も返上します。ここに届を書いてきました。部長にお渡し願います」

ひと息に言って、深々と頭を下げる。

「お世話になりました」

顔を上げたとき、副部長がすぐ目の前に来ていた。

「ちょっと待てよ。おまえ、さんざん心配かけてそれはないだろう。みんな、おまえが立ち直るのを待っていたんだぞ」

温厚で懐《ふところ》の深い副部長の言うことだ、本心だろう。だが、そういう部員だけではないのだ。

それに、「立ち直る」という言い方にもこだわりを覚えた。やはり病気を信じてはいなかったということではないのか。

眞生はぼそっと呟いた。

「陰で何を言われてたかくらい知ってます」

横合いから、三年の猛者《もさ》が嚙み付いてきた。

「ああそうか。なら、陰でなく今言ってやるよ」

すう、と息を吸い込み、まくしたてる。

「タイムが伸びなくなったのを病気のせいにして、ケチなプライドを守ろうって魂胆《こんたん》だってな。それとも自分の価値を再認識させようってか？」

眞生はひとつ深呼吸して、言い返した。

「順番が逆です。タイムが悪くなったのは、もう足をやられてたからで」

副部長の追及は穏やかだった。

「そんならきちんと治して出直そうって思わないか」

「俺だってその努力はしました。ほっといたわけじゃない」

横からまた別の三年生が突っ込んでくる。

「あたりまえだ。特待生たるもの、体調管理は自己責任だ」

責任を感じて治療の道を模索《もさく》した結果が、思いもかけない泥沼《どろぬま》な恋愛沙汰《ざた》となって、いっそう自分自身を傷つけてしまった。それを思うと胸が波立って、つい言葉が荒くなった。

「だから、特待も返上しますて言うとるやないですか！」

売り言葉に買い言葉で、相手も気色《けしき》ばんだ。

「こいつ、開き直りやがって！」

睨《にら》みあう二人の間に、副部長が割って入った。

「おい、ちょっと落ち着けって」

肩に置かれた手を、眞生はとっさに強く振り払っていた。副部長の口調に薬物レイプの記憶がフラッシュバックして、体に手をかけられたことに過剰《かじょう》に反応してしまったのだ。

警戒していなかったからか、副部長の体は派手によろめいて机にぶつかった。

「この野郎……！」

大柄《おおがら》な三年生が胸ぐらを掴《つか》んで詰め寄ってきた。揉み合いになる。

そのとき、脳天に突き抜けるような衝撃《しょうげき》が来た。

眞生は息を呑《の》んだ。

「……っ」

声も出ない。いや、いったん叫びを上げたら、とめどなく絶叫《ぜっきょう》してしまいそうだった。

眞生は息を詰めてしゃがみ込んだ。このまま息ができずに死んでしまうのではないかと思うほどの衝撃だった。

ずっと用心して、軽い打撃さえ受けないようにしてきたその部分に、ごついシューズを履《は》いた足が、たくましいバタフライ泳者の全体重をかけてのしかかったのだから、たまらない。

眞生は背を丸め、頭を膝《ひざ》の間に突っ込むようにしてしのいだ。

だが、数十秒たっても、まともな呼吸が戻って来ない。重石《おもし》を乗せられて水底に沈《しず》められてでもいるように、耳ががんがん鳴り始めた。

そのときになって、急に怖《お》じ気《け》づいたような声が飛び込んできた。

「おい。ほんとに痛がってるんじゃないか」

「フリじゃないだろ、これ。真っ青になってるぜ！」

「い、息、してないんじゃないかっ？」

眞生を取り巻く声は次第に高く上ずって、パニックの様相を呈《てい》してきた。シゴキだの自殺だのといった、運動部の不祥事《ふしょうじ》を暴《あば》く報道が、脳裏《のうり》を掠《かす》めたのか。

ふいに誰かが大声を上げた。

「冷凍庫に氷があっただろう！　冷やせ、冷やしてやれ！」

その言葉を耳にしても、彼らが何をしようとしているのか、眞生にはとっさに理解できなかった。波状に襲《おそ》ってくる痛みを逃がすのに、いっぱいいっぱいだったのだ。

ポリバケツに氷が放り込まれるガラガラという音、そして蛇口《じゃぐち》からほとばしる水音を聞いたとき、眞生はようやく事態を把握《はあく》した。何とか顔を上げ、かろうじて掠れ声を絞《しぼ》り出《だ》す。

「ダメだ、冷やすのは……っ」

だが誰も、そのうわごとめいた言葉を聞いてはいなかった。

「ほら、羽角。早く！」

足首が摑まれたかと思うと、乱暴にスニーカーを脱がされ、氷の浮いた水にざぶりと浸《つ》けられた。

幾千《いくせん》の刃《やいば》が突き刺さる。

今度こそ眞生は絶叫した。

しばらくぶりに聞く眞生からの着信音に、桂は一瞬固まった。

自分がどれほどそれを聞きたかったか、その瞬間にわかった。わかってしまった。

慌てて取り落としそうになりながら、通話ボタンを押す。聞こえてきたのは、眞生のちょっとぶっきらぼうな低い声ではなかった。聞き覚えのない、うわずった若い男の声。

『ええと、ゲッケイジュさん？　そっち、病院なんですか？』

一瞬息を呑む。

桂は悪い予感に胸を締め付けられながら、きびきびと追及した。

「――鍼灸《しんきゅう》治療院です。あなたはどなたですか。それ、眞生……羽角眞生さんの携帯ですよね？」

相手はかなりうろたえているらしく、要領を得ないこと甚《はなは》だしかったが、眞生にどこで何が起こったかということを知ればじゅうぶんだった。

桂は「すぐ行きます」と電話を切って、表の駐車場に走った。

ベルトを締めながら、もうアクセルを踏み、ステアリングを回していた。タイヤが地域住民の顰蹙《ひんしゅく》を買いそうな音をたてる。

信号無視こそしなかったが、桂は十分の間に五回、急停車と急発進を繰り返した。

大学は近場でよく知っているが、内部のことはわからない。門のところで窓を開け、守衛《しゅえい》に学生会館への行き方を尋ねる。白髪頭の小柄《こがら》な守衛は、まっすぐ突き当たりの建物を指さした。

学生会館の前に車を横付けし、水泳部の部室に飛び込む。眞生は部屋の片隅にうずくまっていた。

「眞生っ」

思わず駆け寄って、腕に伏せた顔を覗《のぞ》き込《こ》んだ。眞生は固く目を閉じ、歯を食いしばっている。

ガタイのいい若者が、身を縮《ちぢ》めて進み出てきた。

「うっかりあいつの足を、その、踏んでしまって」

桂は眞生の襟元《えりもと》に目をやった。シャツのボタンが二つ飛んでいる。リンチとまでは言わないが、立ち回りがあったのは間違いない。

黙って見返すと、相手の目が泳いだ。

「す、すごい痛がりようなんで、氷水で冷やしたんすけど」

桂は大声を上げて立ち上がった。

「冷やした？　よりによって、氷で冷やしたのかっ」

素人《しろうと》の善意ほど怖いものはない。寒風さえ堪《こた》えるというのに、氷とは。

眞生は桂の声にも反応せず、体を丸めている。呻《うめ》く力もないのか。

部員たちは口々に、弁解めいたことを並べ立てた。

「救急車を呼ぼうかとも思ったんです。でも、かかりつけの医者がいればその方が、と」

「悪いけど、学生証や何かの入ってるパスケースを見て、治療院の診察券があったので……」

「携帯の方に羽角の携帯からかけたら話が早いんじゃないかって、こいつが」

桂は耳を疑った。

「──診察券？」

とっくに捨てたと思っていた。電話を着信拒否し、アパートを引っ越し、バイトも辞めて。

なのに、最悪の思い出の残る月桂樹の診察券を、眞生はなぜ……？

いや、今はそれどころではない。

桂はしゃがみ込み、眞生を半ば肩《なか》にかつぐように引き起こした。医療に従事していると、病人を抱《かか》え上《あ》げるコツは自然に身につく。細身だが密度の高い眞生の体を支えて立ち上がる。

そのまま部室を出ようとする背中に、おずおずとした声がかかった。

「羽角、ほんとに病気だったんですか」

桂はきっと振り向いた。

「君らは信じなかったのか」

押し黙って並んでいる部員たちに、桂は投げつけた。

「眞生は嘘をつくようなヤツじゃない。つけるヤツじゃない。二ヵ月かそこらのつきあいでも俺にはわかった。君らは何年眞生とつきあってるんだ！」

口に出したとたんに、空《むな》しさと恥ずかしさが押し寄せてきた。

眞生をもっとも手ひどく傷つけた自分の言えることではない。これは八つ当たりだとは承知していた。

苦い思いで部室を後にし、学生会館の前に停めた車に戻る。眞生を助手席に乗せて、運転席に回った。

眞生はさすがに意識を失ってはいないが、目がうつろだった。

別れたときのいきさつを思えば、こういう状況でなければ、触らせてはくれなかっただろう。気難しい野生の生きものを保護したような気分だ。

しかし、ほっとしている場合でもない。車を出すより何より、まず温めてやらなくては。

「眞生。足を」

自分で動かす気力もないと見て、膝に右足を抱え上げ、濡れた靴下《くつした》を脱がせる。いっそう白くなった足は、ふちだけが赤らんで、まるで蠟細工《ろうざいく》のようだ。

その真っ白な足の甲、親指のつけね寄りに、薄く紫がかった米粒《こめつぶ》ほどの痣《あざ》が浮き上がっていた。

ここまで血の気が失《う》せていなければ、はっきりと見えるはずのない病の本体。

自分の診立《みた》てが正しかったと誇《ほこ》る気にもなれない。ただ、きりきりと胸が痛む。

桂はシャツをめくり上げ、自分の腹に直接、眞生の足を抱え込んだ。それは命あるものとは思えないほど冷たかった。

最初に手で温めてやったときのことを思い出す。

ハンドパワーなどと茶化したが、素直な手応《てごた》えに、こちらまで心がほっこりとなった。すべてを委《ゆだ》ねてくる無心さこそ、眞生のパワーだったのかもしれない。

自分はそれに魅入《みい》られ、そして少し怖くなったのだ。

その思いを口に出すことはせず、桂は黙々とシャツの上から眞生の足を擦った。よく温まるように、しかし痛めぬように。

それは、数ミリしか離れていない二つのツボを見分けるのと同じくらい、精密な作業だった。どのくらい、そうしていただろうか。ようやく眞生の表情が動いた。足とともに凍っていたかのようだった顔が、引《ひ》き攣《つ》って歪《ゆが》む。

口をついて出たのは悪態だった。

「ちくしょう。なんで、あんたが」

何と言われても、こうして触れていられれば、糸口はある。桂はあっさり返した。

「冷やしたのは彼らのミスだけど、僕を呼んだのは大正解だったと思うよ」

あいつら、と眞生は悔しそうに唇を噛む。桂はしばらく足を擦ってやってから、こう提案してみた。

「向こうも少しは頭が冷えただろう。……もう一度、ちゃんと話し合ったら？」

むすっとした様子でそっぽを向く。その子供じみたしぐさがまたいとしくて、胸が締め付けられる。

守りたい。癒《いや》したい。救いたい。

自分の患者だからでなく、眞生だから。

桂は静かに声をかけた。

「君は治る」

眞生はゆっくりとこちらに顔を回した。どう考えていいかわからない、という様子だ。

「僕は……完治の可能性があるのに黙っていた」

眞生の目が大きく見開かれた。そこにあるのは驚きだけだった。

桂はうつむくことも目をそらすこともせず、淡々と説明する。

「負け惜しみのようだけど、僕もRSDの可能性は考えた。でもこれは違う。三日置きに触っていたんだ。ほんの小さな変化でもわかる。神経が傷ついているんじゃなく、神経束《しんけいそく》が捩《よじ》れて皮膚《ひふ》の下にごく小さな塊《かたまり》を作っているんだ。小さすぎて検査にもひっかからない。そして、本当に少しずつ少しずつ大きくなってくる。そういうものは、僕はひとつしか知らない」

その名前を口にした。

眞生は何かに魅入られたように目を瞠ったままだ。

病名が与える印象を慮《おもんぱか》って、桂は急いでつけ加えた。

「大丈夫、悪性じゃない。ある程度大きくなれば——外から見てわかるようになれば、手術ができる。さっきは見えた」

言葉を切って、静かに待つ。

知られれば憎《にく》まれるとわかりきっていることを、なぜ自分は告白してしまうのか。

あの女とのこともそうだ。シラを切って逃げ切ることもできた。いつだってそうしてきた。うまくやってきたのだ。なのに、眞生に対してだけはうまくいかない。自分を作れない。演じきれない。

これはいったい何なのか。

眞生は何も言わない。その沈黙の重さに耐えかねて、桂は続けた。

「君の想像しているとおりだ。君を手に入れるために、診断をつけずに引き延ばした。だけどそれだけじゃない」

桂は唇を舐《な》めた。自分にとってこれは、もっとも恥ずかしい告白かもしれない。

「君をほかの誰かに任せたくなかった。できることなら僕が治したいと思った。君を捕らえたいと思うのと同じくらい強く……自分の手で君を水に放したかったんだよ」

じっと眉をひそめて見つめてくる眞生の瞳。そこに映《うつ》る自分はひどく小さい。そして奇妙な形に歪んでいる。

じわりと頬が熱くなった。

「ごめん。やり直す」

眞生はぱちぱちと目を瞬いた。

桂はふうっと息を吐《は》き、全身の身構えたものを解いた。

「僕はまだ格好のいいことを言おうとしている。お為《ため》ごかしで君をごまかそうとしている。習い性《しょう》、というヤツだ」

桂は自嘲した。

そんなもので、眞生はもう騙《だま》せない。いや、騙したくない。

ごくっと唾《つば》を呑み、声を絞り出す。

「自分の手で治したい、でもそれができないなら」

一瞬ためらって、振り捨てた。

仕方がない、自分は紛《まぎ》れもなくエゴイストなのだから。

「いっそ治らなければいいと思った」

眞生の口から激しい弾劾《だんがい》の言葉が浴びせかけられるのを、桂は待った。

眞生はしばらくして呟いた。ただ一言、「なぜ」と。

桂はじっと考え込んだ。

嘘をついたりごまかしたりするつもりはなかった。ただ、本当に、自分でもよくわからないのだ。

抱きたいのに、抱けない。大切にしたいのに、ひどくする。守りたい、でも汚したい。

本気で人を恋するということは、そういう矛盾《むじゅん》が矛盾でなくなるのかもしれない、と思った。

「さあ……遠くへ泳いで行ってほしくなかったからかな……」

自信なげに呟くのへ、眞生はぼそっと返した。

「やったら、離さんきゃええ」

「……いいのか」

桂は、懐《ふところ》に抱えた足をシャツの上から抱きしめた。溺《おぼ》れる人が浮き輪にしがみつくように。

そのとき、温もりを取り戻した眞生の足が、ぴくりと動いた。眞生はゆっくりと足をシャツの中から引き抜いた。

すがる目になった桂の前に、眞生はそれを差し出してきた。

目と目がかち合う。眞生の目も濡れていた。

桂はその足にそっと口づけた。


「羽角《はずみ》さん。羽角眞生《まき》さん」

看護師に名前を呼ばれて立ち上がる。部長も慌てて腰を上げた。

「あのう、付き添いの者ですけど、一緒に入っていいですか」

大の男になぜ付き添いが、という目で振り返るのへ、眞生が「大学の運動部の」と補足すると、看護師は納得した様子で「どうぞ」とドアを開けてくれた。

診察室に入ってみると、初老の医師が熱心に紹介状を読んでいた。

それを書いたのは桂《かつら》だ。下手《へた》な大学病院より腕のいい整形外科医がいるからと、この労災病院を受診《じゅしん》するよう勧めてくれた。提携《ていけい》しているわけではないが、祖父の代からのつながりがあるということだった。

柔和《にゅうわ》な目をした医師は紹介状を机上に置き、眞生に寝台に腰かけるように言った。さし伸ば

した足と何枚かの写真を見比べ、丁寧《ていねい》に診察したうえで、

「間違いなくグロームス腫瘍《しゅよう》です。爪下《つめした》以外の部位にできるのは珍しいんですが。……しかし、よくこんな小さいものを見つけてもらいましたね」

さすがは桂先生のお孫さんだ、と賞賛した。

「指先の感覚は血筋でしょうかね。亡き先生は『ゴールドフィンガー』と言われてましたよ」

眞生は自分のことを褒《ほ》められたように頰を熱くした。桂は人間的にはいろいろと問題があるが、鍼灸師《しんきゅうし》としては優秀であるらしい。

ふと思い出して訊《き》いてみた。

「血筋というと……桂先生のお祖父《じい》さんも、目がお悪かったんですか」

医師はけげんな顔で返してきた。

「いいえ？　桂先生は目もすばらしく良かったですよ。あちらの一族は目の性《しょう》がいいんですな」

眞生は「やっぱり」と呟いて溜め息をついた。

丸椅子の端っこに腰をかけた部長が、せっかちに口を挟《はさ》む。

「その治療院の先生は、手術すれば治ると言ったそうなんですが。全快までどのくらいかかるんでしょうか」

それは眞生もぜひ知りたいことだった。

医師はもう一度紹介状に目を落とした。

「ああ、水泳選手なんですね。それでは細心の注意を払いましょう。万が一にも神経を傷つけないように。……早い方がということなら、来週にも手術を入れられますよ。ほかならぬ桂先生のご紹介ですしね。抜糸《ばっし》はその一週間後。水泳はリハビリになりますから、傷が乾いたら泳いでかまいません」

身を乗り出すようにしている二人に、医師は自信たっぷりに保証した。

「ゴールデンウイークごろには、腫瘍があったことなどきっと忘れていますよ」

診察室を出たとたん、部長は満面の笑みを浮かべ、眞生の肩をぽんぽんと叩いた。


「お先にー。いいお湯でした」

眞生は明日の手術に備え、早めに風呂に入って寝室に戻ってきた。桂の寝室に、である。労災病院での診察結果を報告しに来たとき、手術前夜は家に泊まるようにと、桂に強く勧められたのだ。当日は朝早いから、自分が送っていく、と。

『一時間もかからん手術に、付き添いなんか要《い》らんちゃ』

そう言って断ったのだが、桂は頑強《がんきょう》だった。ソフトに穏やかに、しかし譲《ゆず》らない。根負けして泊まることになったものの、じつは少々不安だった。なにしろ桂には前科がある。ジャージによれよれのTシャツというおよそ色気のない寝支度《ねじたく》にも、桂はしっとりした視線を投げてくるのだからなおさらだ。

シーツから枕《まくら》カバーまでモノトーンで統一されたベッドに、眞生はすとんと腰を下ろした。桂はスツールから優雅な動作で立ち上がり、「早く寝ないと湯冷めするよ。よく眠れるようにお茶を調合してこようか」と言う。

眞生は「また一服盛《も》る気やないと？」と疑いの目を向けた。

桂は哀《かな》しそうに呟いた。

「僕は下の施術室《せじゅつしつ》で寝るよ。君が全快するまで『願かけ』として禁欲する」

肩を落として出て行くので、眞生は気が咎《とが》めてきた。

それはもちろん、明日は手術だし、無事に手術が終わっても、抜糸が済み、傷が乾くまで、あまり濃厚な接触はまずいだろうけれど。

まだ寝るには早いしキスくらいなら……と顔を赤くしてぶつぶつ言っているところへ、桂は今泣いたカラスという態《てい》で、厚い本を肩にかついできた。階下に降りたのは、これを取りに行ったのだろう。

やっぱり演技入っちゃってるんだな、と眞生は溜め息をついた。なるほど、習い性、だ。

「いいものを見せてあげよう」

付箋《ふせん》のついたページをぱっと開いて、眞生の前に差し出してくる。

「わ。グロい」

眞生は顔をしかめた。

それは、眞生と同じ病気の手術写真だった。

桂はむしろ嬉しそうだ。

「グロームスは、僕も実物を見たことがないんだよ。だって治療院では外科的処置はしないからね。佐野《きの》先生にお願いして、摘出《てきしゅつ》した組織を見せてもらおうかと」

「俺は勉強材料っちゅうわけ？」

ふくれてみせると、桂は額をつんと指で突いてきた。こちらもノリよく倒れてやる。

桂は本をベッドの足の方へ放り出し、ファウルしてません、のアピールのように、両腕を自分で抱《かか》えて眞生の上に身を乗り出してきた。

「大切な君の体の一部だからね。できれば標本にして寝室に飾っておきたいくらいだ」

「悪趣味ー」

そうけなしたものの、けっこうグロいことを言われているのに、なんだかどきどきする。

桂はふと腕をほどき、生乾きの眞生の髪を指で梳《す》いた。頭皮に触れるか触れないかの指先の感触は、くすぐったいというより官能的だ。

桂はとろけるような微笑を浮かべた。

「君も悪趣味な標本を持ってるよね」

え？　と眉《まゆ》を吊り上げて問い返す。この謎《なぞ》かけはさっぱりだ。心当たりがない。

綺麗な顔がすっと降りてきて、金褐色《きんかっしょく》の髪が頬をくすぐる。

桂は耳元で囁いた。

「診察券。ずっと持っててくれた」

あ、と口を開けたまま、眞生は目のふちを赤くした。見下ろす桂の目元も、うっすらと赤らんで潤《うる》みを帯びている。

ベッドの脇のあたりがぎしっと沈《しず》んだ。中腰だった桂が、自分の尻を半分載せたのだ。肘《ひじ》もついて、覆《おお》い被《かぶ》さってくる。

唇が触れる瞬間まで、眞生は目を閉じなかった。嘘と演技にどっぷり浸《ひた》った桂という男の真実を、この瞬間に見定めようとしたのだ。

だがすぐ、そんな構えたものはどこかに消し飛んでしまう。眞生は、舌を付け根から巻き取るように絡めてくる桂のキスに酔《よ》った。

おやすみのキスにしては濃厚なそれは、湯冷めどころか、眞生の熱を煽《あお》ってくる。

ようやく唇が離れたとき、眞生の息は弾《はず》んでいた。

桂の眼差《まなざ》しにも、危険なものが満ちている。

「禁欲するんやなかったっけ？」

眞生は掠《かす》れた声で抗議した。

「どうしようかなあ。君だけよくしてあげるってのはどう？」

そう言いながら、もう桂は手をそろそろと腿《もも》に這《は》わせてくる。

「それ、絶対ブレーキ効かんっちゃろ」

びしっと突っ込まれて、桂はくすくす笑う。

仕方なさそうに身を起こして、湯上がりの足をすくい上げるように抱き込んだ。

「じゃあ今は、これだけで我慢するよ」

桂はうっとりと見つめ、明日切り開かれるはずの場所に、熱い唇をかぶせてきた。

焦《こ》がれる牧神《サテュロス》

桂《かつら》は最後の患者《かんじゃ》を送り出すと、治療院を早仕舞《はやじま》いした。

というより、珍しく定時で終わったというべきか。

眞生《まき》には「午後八時までやってる」と言ったことがあるが、受付時間は午後六時までだ。ぎりぎりで飛び込んできた患者も丁寧に診《み》たりするので、ふだんはついつい遅くなってしまう。

桂は受付の女の子を先に帰らせ、自分も白衣を脱いで外出の支度《したく》をした。玄関に出て、「診療中」の札を裏返す。

そのとき、治療院の中で電話の鳴る音がした。

一瞬ためらったが、聞かなかったことにして玄関を離れた。電話はじきに自動音声に切り替わり、診療時間の終了を知らせるようになっている。

そのまま駐車場に歩み出て、黄色いカマロのドアに手をかけたところで、桂はふと腕時計に目をやった。

——あの病院の面会時間は何時までだったっけ。

ちらりと危ぶんだものの、懸念《けねん》を振り払って車に乗り、すぐ発進させた。

家族や親しい友人なら、時間外でも面会できるはずだ。消灯時間にさえかからなければ、追い返されることはないだろう。

それでも桂は急いだ。愛車を走らせ大通りに出ると、違反で捕まらない範囲の上限まで速度を上げる。早く眞生の顔を見たいというだけでなく、大切なものを他人に預けているようで、気が気でないのだ。

眞生は地方の出身で、こちらには身寄りがない。手術、そして入院という事態に、さぞ心細い思いをしているだろうと思うと、いっそう心が急《せ》きたてられる。

昨日は昨日で、臨時休業までして、眞生の手術に付き添った。われながら、眞生に甘いと思う。

つきあっている間は、相手を甘やかすのも恋愛のお楽しみだ。だが今回に限っては、いささか意味合いが違う。相手を感激させるためのポーズとしてではなく、桂はけっこう本気で心配していた。

水泳選手の眞生にとって、たとえ「爆弾処理」のためであっても、足にメスを入れるということは、やはり相応の危険を伴《ともな》う。

「労災病院の先生は、細心の注意を払うと約束してくれた」と眞生は言うし、その医師の腕がたしかなのは、桂もよく知っていた。

それでも、一抹《いちまつ》の不安はあった。

鍼灸《しんきゅう》という分野ではあるが、医療の一端に携《たずさ》わるものとして、どんな易《やさ》しい手術でも、百パーセント安全ということはないと知っている。

だからだろうか、昨日は、気が昂《たか》ぶって朝早く目が覚めた。

桂は一瞬、自分はなぜ施術室《せじゅつしつ》のベッドに寝ているのだろうといぶかった。そしてすぐ、手術に備えて前の晩から眞生を泊まらせたことを思い出した。

そっと寝室に上がってみると、眞生はよく眠っていた。その安らかな寝姿に、桂自身も静謐《せいひつ》な思いに満たされた。

強引に抱いた夜、手負いの獣《けもの》のように逃《のが》れ去《さ》っていった姿は、まだ桂の瞼《まぶた》に残っている。自分は、眞生の信頼を取り戻せたのだろうか……。

しばらく寝顔を堪能《たんのう》してから、時間を見計らって起こし、階下のダイニングで軽い朝食をとらせた。手術といっても全身麻酔《ますい》ではないから、絶食の必要はなかったのだ。

眞生はさすがに、あまり食欲がない様子だった。やはり緊張していたのだろう。

車で労災病院に連れて行き、手術室付きの看護師に眞生を渡したあと、桂は手術の間、整形外科の待合室で待機していた。命にかかわるような大手術でもないのに、落ち着きなく何度も時計に目を落とした。

備え付けの雑誌を開いてみたが、何も頭に入ってこなかった。頭の中は、すでに眞生のことでいっぱいだったのだ。

たとえ水泳選手として再起不能になったとしても、眞生の魅力が損なわれるわけではない。恋人としての桂は、何も損をしない。

そんな計算は、桂にはもうなかった。ただただ、「眞生の生きがいが奪われることがないように」と祈っている自分がいた。

手術そのものは、一時間もかからなかった。

後の処置を助手に任せたのか、執刀医《しっとうい》はひと足先に診察室に引き上げてきた。桂はこの医者とは旧知だったから、挨拶《あいさつ》し、執刀の礼を述べた。

すると相手は、いささか気になることを言い出した。

「開けてみたら、おかしな神経線維《せんい》が横にも延びててねえ。深追いしたんで、発熱するかもしれないから、大事をとって二、三日泊まらせた方がいい」

グロームス腫瘍《しゅよう》の切除は皮膚《ひふ》直下の手術だから、日帰りが一般的だ。だが執刀医にそう言われては一も二もない。桂はすぐ入院の手続きをとった。

やがて、車椅子に乗せられた眞生が、看護師に押されて病室にやってきた。

手術室に連れて行かれるときの、こわばった顔とうって変わって、屈託《くったく》のない晴れやかな表情だった。桂はほっと眉を開いた。

眞生はそんな桂を見ると、照れくさそうに首をすくめた。

「なんか俺、病人みたいで」

「入院するんだから病人ですよ？」

車椅子を押してきた看護師が、いたずらっぽく突っ込んだ。

眞生は斜《なな》めに顔を振り向け、弁解するように言った。

「いえ、あの、歩けないわけじゃないんだし……」

「今日は足をなるべく動かさないで、と言われたでしょ」

二十代後半と見える看護師は、眞生に対して姉のような口をきいた。

ものおじしない態度を頼もしいと感じる一方で、その馴れ馴れしさにちらりと不快を覚えてしまった。まったく、眞生のことになるとどうも自分は心が狭《せま》くなる。

包帯を厚く巻いた足をかばいながら、眞生は自分でベッドに身を移した。

看護師が差し出した体温計をわきの下に挟《はさ》み、ゆったりと枕《まくら》に背中を預ける。

桂はスツールに腰を下ろし、ベッドの上の眞生と目の高さを合わせた。

「おうちには、後で連絡しないとね」

遠く離れている親たちに気苦労をかけたくなかったのか、眞生は病気のことを何もかも隠していた。

特待生として有名大学に迎えられた自慢の息子が、再起不能になりかねない病を抱《かか》えていたと知ったら、親たちはどれほど心を痛めるか。

その気遣《きづか》いはわからなくはないが、さすがに入院して手術したことまで、秘密にはしておけないだろうと思ったのだ。

眞生は素直にうなずいた。

「俺も、まさか入院になるなんて思わんくて……。やっぱり、桂さんについてきて貰《もら》ってよかった」

桂は覚えず胸をときめかせた。

簡単には他人に甘えを見せない凛《りん》とした青年が、こちらを頼り切っているふうなのが、どうしようもなく可愛《かわい》い。

桂は心弾《はず》むままに、秘密めかして言い出した。

「そうそう、君のアレを見たよ」

「え、何を」

眞生は瞳を翳《かげ》らせ、不安げに身じろぎした。

「何って、とったモノをさ。グロームス腫瘍。小さかったよ」

人差し指と親指をわずかに開き、一センチにも満たない空隙《くうげき》を作ってみせた。

「こんなちっぽけなものが、君をあれほど苦しめたとは思えないくらいだった。アルコールの中をふわふわ漂《ただよ》ってるところは、そう、クリオネに似てたな」

「クリオネ……？」

眞生はぴんとこない様子でつぶやいた。

そこへまた看護師がやってきて、眞生から体温計を取り戻し、「平熱ですね。でも、少し横になられたら？」と声をかけた。

——そうか、俺がいてはゆっくり休めないだろうな。

看護師の発言にそういう含《ふく》みを感じ取って、桂は腰を上げた。

その動きを、眞生の目はすがりつくように追ってくる。桂の胸の奥から、甘やかなものが溢《あふ》れてきた。

「明日も来るよ」

思わずそう言葉をかけていた。二日続けて休診にするわけにはいかないというのに。

眞生ははにかんだ表情で、それでも嬉しそうにうなずいたものだ。

――あんな顔をされたら、少々無理をしても、見舞いに来ないわけにはいかないじゃないか。

道路わきのコンビニに目を止め、駐車場に車を入れながら、桂はそうひとりごちた。

店に入ると、桂はサンドイッチやスナックを置いてあるコーナーに足を向けた。

自分はあまりこういうものを食べないが、スポーツをやる学生には、間食も大切な栄養補給に違いない。そして、病院の食事はあまり美味《うま》くないと相場が決まっている。

桂は「新製品」というポップがついているものをいくつか買い込み、店を出た。

コンビニから労災病院はすぐだった。

車の少なくなった駐車場にカマロを停め、夜間通用口から建物に入る。眞生が待っているだろうと思うと、自然に足が速くなった。

エレベーターで病室のある三階に上がり、「南病棟」へと壁の矢印をたどった。古くて大きな病院は、一度や二度来たくらいでは、病室の配置が覚えられない。

夕食はとうに終わったと見えて、看護助手らしいエプロン姿の女が、空の食器を載せたカートをガラガラと押して通り過ぎた。

眞生のベッドは、四人部屋の入り口左側だ。夕食から消灯までは人の出入りが頻繁《ひんぱん》になるからか、扉は開け放されていた。

その扉から覗《のぞ》き込《こ》むと、寝床に起き上がってスポーツ雑誌を開いていた眞生と、すぐ目が合った。

眞生は「あ」と声を上げて、ぱっと顔を明るくした。ただ見知った人間に会えたからというだけではないその輝きに、やはり急いで来てよかった、と思った。

桂は、白いレジ袋を目の高さに持ち上げて見せた。

「内臓系の病気じゃないから、間食はＯＫだと思ってね」

さっきコンビニで仕入れたものを眞生に渡す。

「わ。これ、季節限定のヤツ？」

食後すぐだというのに、眞生は袋を覗き込み、嬉しそうな顔をした。

「夕飯の配膳《はいぜん》が早いんで、ゆうべは夜中に腹が減っちゃって」

「だと思ったんだ」

眞生はベッドのわきの整理棚《だな》に包みを載せた。後で食べるつもりなのだろう。

桂はスツールを引き寄せて腰を下ろした。

「傷はどう？　ゆうべはかなり痛んだ？」

そう気遣ったのは、白い包帯を巻かれた右足が、小さな枕のようなものに載せられていたからだった。アイスノンで冷やしているらしい。

眞生は慌てた様子で説明した。

「あ、これ、痛むからじゃなくて。化膿《かのう》予防なんだそうです。今朝《けさ》までは、点滴で化膿止めも入れてて」

眞生はさらに、こうも言った。

「いちおう痛み止めも出てたんやけど、結局飲まんくて。今までの痛みに比べたら、術後の痛みなんて蚊《か》が刺《さ》したくらいのもんやし」

くったくなく笑う。

だが桂は、調子を合わせるどころではなかった。

眞生がこれまで、どれほどの痛みに耐えてきたか。それを知らない桂ではない。

苦痛の頂点は、水泳部の仲間に患部を思い切り踏まれたときだろう。あのときの眞生のうつろな表情を思い出すと、後悔がぎりぎりと胸を嚙んだ。自分が早急に手を打っていたら、眞生にあんな思いはさせずに済んだかもしれないのだ。

桂は眞生の方に身をかがめ、やや声をひそめて言い出した。

「……確信がもてないにしても、もっと早く診断をつけるべきだったよ。結果として、君の苦しみを長引かせた。最低だな、君を手に入れるチャンスを摑《つか》むために、完治に結びつかない治療を続けていたんだから」

眞生は口の中で「いえ」と呟き、黙り込んだ。

その様子を見て、苦い思いとともに、ある不安が頭をもたげてきた。

桂が眞生にした「最低」なことは、ほかにもある。眞生はそれをどう考えているのだろう。スポーツマンらしい潔《いさぎよ》さで、さっぱりと赦《ゆる》してくれているのか。それとも、桂に対する同情か根負けで、受け入れてくれたのか。

今、その心のうちを訊《き》いてみたいとも思ったが、隣のベッドとの境はカーテン一つ。向かいのベッドでは、白髪《しらが》頭の老人が口をもぐもぐさせながら、ぼんやりとこちらを見ている。こんなところで、色恋に絡む話はできない。

桂はそのまま口を噤《つぐ》んだ。

そこへ看護師が、銀色のトレイを捧《ささ》げて病室に入ってきた。例の、姉さんぶった口をきく女だ。

「羽角《はずみ》さん。お休み前に、傷を消毒して包帯を替えましょうね」

桂は、処置の邪魔にならないようにと席を立ち、椅子をわきに避けた。

すると眞生はためらいの色を浮かべ、視線を泳がせたあげく、思い切ったふうに言い出した。

「あの……出てってください」

「えっ？」

桂は面食らって訊き返した。

意味がわからない。女の子なら、体を拭《ふ》くから男は出ていてくれ、ということもあるだろう。この場面で、なぜ自分が病室から追い払われなくてはならないのか。

眞生は頑《かたく》なな表情で繰り返した。

「すいません。包帯を替え終わるまで、ちょっと……」

目をそらして、語尾を濁《にご》す。

看護師はちらりとけげんな表情を浮かべたが、患者の意志を重んじてか、手当てにかかるのを控《ひか》えている。

桂はわけがわからないながら、疎外感《そがいかん》を覚えた。

これまで、どれだけ眞生のことを心配したか。また、当事者である眞生の不安を和《やわ》らげようと、さまざまに心を砕《くだ》いてきた。なのに、この他人行儀は何だろう。

いささかむっとしてしまう。

桂は大人げなく、冷淡な声で告げた。

「じゃ、僕はもうこれで。退院には迎えに来れないと思うんで、ちょっと顔を見に来ただけだから……」

そうですか、と眞生は硬い顔をうつむけたまま応じた。

桂は病室を出て、首を捻《ひね》った。今の眞生の態度が、腹立たしい以前に、どうも解《げ》せない。

看護師が若い女だから、見栄を張ったふうでもない。嬉しそうに差し入れを受け取ったのだから、桂に来てほしくなかったわけでもないだろう。

痛くないというのは強がりで、平気な顔をしているものの、本当は辛《つら》いのだろうか。それとも、自分が言ったことの何かが眞生を傷つけたのか。

しばし考えたのち、そうか、古傷に触れるようなことを言ってしまった、と思い当たった。せっかく忘れてくれていたのだとしたら、ああいう告白はまずかったか。

――だったら、その場でシメてくれればいいんだ。

そう思うそばから、相手の気質を思いやる。

――まあ、口達者なヤツじゃないからな。

桂はひとつ吐息《といき》をついた。

どうも眞生の気持ちは読みにくい。出会ったときは、これほどわかりやすい男もいないと思ったのに。

桂の言うことを疑いもせずまるごと信じて、素直に身をゆだねてきた。こちらが居心地の悪い思いをさせられるほどだった。

手のうちで転がすなど、わけもない。それこそ「赤子の手を捻《ひね》るようなもの」だった。

ではなぜ、落とすのにあれほど手間取ったのか。今振り返ってみても、よくわからない……。

考え込みながら、桂はエレベーターのところまで来た。

眞生については、いろいろな面で、これまでの相手とは勝手が違うと感じている。自分の手《て》管《くだ》が通用するようでいて、思わぬところから水が漏《も》れる、というか。

ボタンを押した指を握《にぎ》りこみ、自分の手のひらに打ちつける。

「えいくそ！」

本人がその場にいないのを幸い、桂は毒づいた。

「何だって俺が、あいつの顔色をうかがわなくちゃならないんだ？」

答えは知れている。惚《ほ》れた弱味、というヤツだ。

同時に、「可愛さ余って」ということわざも頭に浮かんできた桂だった。


一週間後の抜糸に、桂はついて行かなかった。

退院のとき迎えに来た水泳部の部長が車を出してくれる、と眞生から言ってきたのだ。桂には来てほしくなさそうな口ぶりだった。

「勝手にしろ」という気分だった。自分の助けは要《い》らないと言われたようで、むしゃくしゃする。

包帯を替えるとき病室を追い出されたことが、まだしこりになっているようだ。

それでいて、診療していても、眞生の抜糸はもう済んだころだろうか、とふと気になったりもする。

桂は、思春期の少年のように乱高下する気分を、自分でも持てあました。

といっても、十代のころから相手に不自由したことも、恋に破れたこともないから、ほかの少年たちが不安定なときも、桂はクールでいられた。

まるで今、そのツケが回ってきたかのように、感情を掻《か》き乱《みだ》されている。

眞生がどれだけ優《すぐ》れたスイマーかしらないが、恋愛沙汰《ざた》に関しては幼稚園児なみの朴念仁《ぼくねんじん》だ。

そんな青年に振り回されては、遊び人の桂も形無しだ。

昼休み、携帯に電話がかかってきた。眞生からの着メロだ。桂はとびつくように通話ボタンを押した。

『桂さん？　あの、抜糸済みました。そのまま、学校に来てます』

眞生の方から早々に連絡してきたことで、桂は現金に機嫌を直した。

「そう。それじゃ、部長さんもひと安心だろうね」

ひと呼吸置いて、水を向けてみる。

「僕も、早く治り具合を見て安心したいんだけどね」

だが、これにはすぐ答えが返らなかった。息をひそめているような気配が、電話の向こうから伝わってくる。

包帯を替えるとき、出てくれと言った、眞生の硬い表情がそこに重なった。それまでは、桂の訪れを無邪気に喜んでいるように見えたことも思い出された。

――こだわっているのは傷か？

ふと胸に不安が兆《きざ》す。労災病院の医師は桂に何も言ってこないが、予後でも悪いのだろうか。

桂は、眞生のためらいに気づかないふりをした。

「じゃあ、診療が終わってから検分するとしようか。今夜、来るだろう？　迎えに行くよ」

つい、押し付けるように言ってしまう。

『……はい』

眞生は覚悟を決めた風情《ふぜい》で、短く返してきた。

夕飯は寮で済ませるというので、時間を約束して電話を切った。

桂はどっと疲れを感じた。

一度はからだを繋《つな》げた相手に、ここまでナーバスになっている自分が信じられない。

いや、一度は抱いたからこそか。その抱き方が、きっと問題なのだ。

夕方、治療院を閉めてから、愛車を駆って大学に行き、寮の玄関で眞生を拾った。

車中で眞生は無口だった。桂の軽口にも生返事だ。ますます不安になってしまう。

私宅の方のいわば勝手口から眞生を上がらせ、手術前夜に泊まらせた、二階のベッドルームへとまっすぐ伴《ともな》う。

階段で振り返ってみると、黙ってついてくる眞生の表情には、やはりなにやら緊張感が漂《ただよ》っている。

「ベッドルーム」というあたりに、警戒心を抱《いだ》いているのかもしれないと思った。初めてのセックスで、かなり無茶をした自覚はある。

これまでの桂なら、その初心《うぶ》な反応を面白《おもしろ》がるところだが、また逃げられやしないかと思うと、今は妙な緊迫感を覚えた。

「どうぞ」

ドアを開けて先に通す。

ベッドとパソコンデスクしかない部屋だ。

眞生はちょっとためらって、キルトのカバーで覆《おお》われたベッドの方に腰を下ろした。そのままセックスになだれ込むとでも思って、怯《おび》えているのだろうか。

――これは、診察室で見た方が良かったかもしれないな。

桂はスツールをその前に持ってきて、事務的な声でひと言命じた。

「見せて」

治療者としての自分には、眞生は逆らえないはずだ。

眞生はびくっと肩を揺らしたが、決然とした様子で靴下を脱《ぬ》いだ。それこそ、同衾《どうきん》するために最後の一枚を脱ごうとでもしているかのような、緊張と恥じらいが感じられた。

――ナニを出せと言ってるわけじゃないんだぞ。

桂は心の中でぼやいた。

おそるおそる差し出してきた足を、桂もまた慎重《しんちょう》に捧げ持つ。

無知な水泳部員たちによって、この足が氷水に突っ込まれたときは、血の気を失ってまるで蠟細工《ろうざいく》のように見えた。色白なのは同じだが、今は生気にあふれた血色をしている。

桂は、さらに仔細《しさい》に観察した。

足の甲の一番高いところから少し下、親指の付け根にかけて、斜《なな》めに三センチほどの傷がある。それは、親指の手前で横にかくっと折れている。

さっと剃刀《かみそり》で切りつけたようなその傷跡《きずあと》は、まだいくらか赤味はあるが、すでに生々《なまなま》しさはない。

桂はようやく眉《まゆ》を開いた。

「ああ。綺麗に切ってもらったね」

眞生は一拍おいて、問い返してきた。

「綺麗、ですか」

細いがきりっとした眉が、気難しく寄っている。そのまま自分の足を見下ろして、

「抜糸したから少しはマシになったみたいやけど……縫《ぬ》ってあったときは、なんだかフランケンシュタインみたいで」

縫い目を誇張《こちょう》された漫画の怪物を思い描き、桂は「まさか」と笑った。

眞生は真剣な表情を崩《くず》さない。

「俺、足首を捻ったりとか肉離れ起こしたりとかはよくあったけど、縫うようなケガはしたことがなかったんです」

そういえば、傷らしい傷のないからだだったと、桂はあの夜を反芻《はんすう》した。

大理石の彫像のような、贅肉《ぜいにく》のない、それでいて硬いばかりではない肢体《したい》。しなやかに反り返る背中。どこまでも白くつややかに、小さく盛り上がった双丘《そうきゅう》。

そのからだを、自分はどんなふうに扱《あつか》ったか。マジックテープで拘束《こうそく》し、思うさま蹂躙《じゅうりん》し、奪いつくした……。

しでかしたことを悔《く》いるより先に、欲が滾《たぎ》ってくる。

桂は、掠《かす》れた声で「眞生」と呼びかけた。

青年は、恥《は》じるかのようにうつむいた。

「あんな……黒くてぶっとい糸で縫うなんて知らなくて。桂さんが見たら、きっとぎょっとするだろうと思うと、どうしても……見せる勇気が出なかったです」

その言葉に意表をつかれて、桂はまじまじと眞生のつむじに見入った。短い髪の間から見えている二つの耳は、うっすらと赤らんでいる。伏《ふ》せられた睫毛《まつげ》も、かすかに震えている。

心臓を何かに撃ち抜かれたかと思った。その痛みと胸の高鳴りは、情欲からは遠かった。さっきとは別の回路に、電流が流れたかのようだった。

——俺の目に、自分のからだがどう映《うつ》るかを気にしたのか。

そんな情感は、かつての眞生にはなかったはずだ。

おそらく桂に「治療のためだから全裸になれ」と言われても、抵抗を覚えなかったのではないか。ふだんから、体の線を浮き上がらせる競泳用の水着一枚で、人前に立っているのだし。

それが、こんなちっぽけな傷ひとつを気に病んでいる。

本人にその自覚があるかどうかは知らないが、これが恋の芽生えでなくて何だろう。

ラーメン屋の前で告白したとき、眞生は拒まなかった。望みはあるのか、という桂の問いかけに、頬を赤らめてうなずいた。あれが恋の発火点だと思っていたが、きっとそうではなかったのだ。

だとしたら、どちらにとっても恋愛未満のところで、からだを繋《つな》げてしまったのだと今にして思う。

そもそも自分には、恋をしているつもりもなかった。いつものハンティングゲームだと思っていた。たやすくは手に入らない獲物に、すっかり夢中になっているだけだ、と。

自分はじつは、今まで本気の恋などしたことがなかった。狙《ねら》った獲物は、遅かれ早かれ必ず手に入る。焦《こ》がれる思いなど知らない。

それは、恋を知らないのと同じだ。

ならば眞生は？

彼もそうだ、と思った。

自分とは真逆の、恋の未熟者。治療者としての桂を信頼し、親切な年長者として好意を寄せてくれてはいたけれど、恋の喜びも苦しみも、まだその身を焦がしてはいなかった。

そんな桂の感慨《かんがい》には気づかぬふうで、眞生はとつとつと言葉を継いだ。

「桂さんが……その……キスしてくれたところを、こんなみっともない傷にしてしもたと思うたら、俺、ほんと、何て言うか」

言いさして、きゅっと唇を噛む。

その痛切な表情に、桂は胸を衝《つ》かれた。自分は今、純な青年の初恋が花開く瞬間に立ち会っているのだと思った。そして自分も、初めてまともに恋をしているのだ、と。

「眞生」

もう一度呼びかける。

爛《ただ》れた情欲は潮が引くように鎮《しず》まっていた。

代わって、泉のような清冽《せいれつ》な想いが溢れてきた。

桂は指で薄紅《うすあか》い糸のような傷をたどりながら、こう囁《ささや》いた。

「君のどんなところだって、僕には綺麗に見えるよ?」

眞生の目じりが、さっと赤らむ。

睨《にら》みつけるようなきつい眼差《まなざ》し。それは眞生なりの含羞《がんしゅう》なのだと、もう知っている。

桂はストレートな問いを発した。

「抜糸記念に、キスしてもいい？」

これまで、そんなことを相手に尋ねたことはない。だが今は、ひとつひとつ確認をとりたい気持ちでいっぱいだった。眞生の赦しを得たかった。

なしくずしにではなく、力ずくでも騙《だま》し討《う》ちでもなく、正面から心とからだを重ねていきたい。

「……」

声にならない声で、眞生は受け入れた。

桂は足の甲に顔を伏せ、舌先でちろちろと傷をなぞった。

さまざまな種類の、あらゆる場所へのキスに慣れた敏感な舌先が、滑《なめ》らかな肌《はだ》のわずかな盛り上がりを捉《とら》える。

この傷がいとしい、と桂は思った。

自分と眞生をもっとも強く深く繋《つな》ぐもの。

最初の接点であり、恋愛の成就《じょうじゅ》を約束するもの。

想いをこめて、桂は一心に舌を動かした。

「……んっ……」

押し殺した呻《うめ》きに、桂ははっと顔を上げた。

「痛い？」

「そうやなくて」

眞生は、いやいやをするように首を振る。

「ちょっと、ぞくっとしてしもて」

その瞳は、わずかに潤《うる》みを帯びていた。

——ぞくっときたのはこっちの方だ。

昂《たか》ぶるものをねじ伏せ、桂はものわかりよく微笑《ほほえ》んだ。

「そんなことを言われると、抱いてしまいたくなるけど……まだちょっと、やめておこうね」

眞生は素直に「はい」とうなずいた。

そんな飾らない受け答えも、可愛くてならない。

どうしよう。

何もかもが可愛い。

連れて歩くのに見映《みば》えがするとか、別れるのに手間が要《い》らないとか、ベッドテクニックがどうだとか。

そんな付加価値など、必要ない。自分が「可愛い」と思うだけでじゅうぶんだ。

かつては、「眞生を変えてやる」と傲慢《ごうまん》にも思っていた。無垢《むく》な青年を、淫《みだ》らに堕《お》としてやるのだ、と。

今は、変わらないでいてほしかった。いつまでも、素朴《そぼく》で純な眞生でいてほしかった。

「もう靴下を履《は》いていいよ。送っていく前に、下でお茶でも？」

眞生はまた「はい」とうなずいた。

桂は、眞生とともにキッチンに下り、紅茶を振る舞った。

ダイニングテーブルに置かれた紅茶のカップに、眞生は近づけた鼻をくんくんとうごめかし、「変なクスリは入っとらん？」と軽口を叩いた。

桂に傷跡を見せたことで、肩の荷を下ろしたようにほっとしているのがわかった。そんなところも、いじらしくてならない。

二人ともカップを飲み干したところで、キッチンからそのまま裏口に出る。庭のどこかから、子猫の甘ったれた声が聞こえてきた。

「また生まれたな。野良猫のラブホにされて困ってる」とおどけると、相手は「知ってます」と、なぜかぶっきらぼうに答えた。

桂は助手席に眞生を乗せ、いい気分でハンドルを握《にぎ》った。

傷をあらためただけで、ほとんど手も触れず帰そうというのに、不思議と空《むな》しさや物足りなさを感じなかった。

眞生が無自覚にせよ、自分への恋心を見せてくれたのが嬉しい。いや、無自覚だからこそ、よりいっそう価値があるものなのかもしれない。

瑞々《みずみず》しいからだに瑞々しいこころ。

自分の中に、まだそんな青さに呼応するものが残っていたとは……。

心浮き立つ想いで、桂は車を走らせた。

助手席で、眞生ははにかんだ笑みを口元に刻み、打ち明けてきた。

「じつは、桂さんに見せる度胸をつけるために、前もって先輩に傷を見せたんですよ」

「ああ、部長さん」

うなずくのへ、眞生は意外なことを言い出した。

「いいえ。部長は処置室には入っては来んかったんで、そんときは見てはないんです。寮に帰って、隣の部屋の先輩に。ほら、いろいろ世話してくれた人」

「……ああ」

——そういえば、そんなことを言っていたな。

記憶をたぐってみる。

特待を返上すれば、アパート代も払えなくなる。そうでなくても、ストーカー並みに追ってくる桂を振り切るために、眞生は安い物件を探して転居しようと考えていた。

そんなとき、「寮に空《あ》きがあるよ」と教えてくれ、わりのいいバイトも紹介してくれた学生がいたとか。

その男のことか。

「先輩って……男の人、だよね？」

同じ寮ということなら同性は当然だが、なぜか確かめてしまう。

「先輩といっても、碓氷《うすい》さんとは一個しか違わんけど」

眞生は、どこかうっとりした表情で呟いた。

「俺、水泳の絡まない友達ってほとんどいなくて……なんか新鮮なんすよね」

それを聞くと、ちりっと胸に棘《とげ》が立った。桂はいくらか尖《とが》った声で問い返した。

「僕は？」

え、と振り向けてきた顔を目の隅《すみ》で捉《とら》えながら、さらに追及する。

「僕は、『水泳の絡まない友達』じゃないの？」

眞生は言下に否定した。

「絡んでますよ？　古式泳法を教えてくれたじゃないすか。それに、桂さんは友達じゃないっしょ」

がつんとショックを受けて、思わず振り返る。

眞生はうっすら頬を染めていた。

「友達と、あんなことはできんし」

――ああ、そういうことか。

それでも妙に不安で、桂は念を押さずにいられなかった。

「僕は、友達以上ってことだよね？」

「ええ、もちろん」

眞生は迷いなく答えをよこした。

なのになぜ、自分は不安を感じるのか。

眞生がもっとも濃い関係を持つ水泳部の連中については、リンチまがいの事件のときに実物を見ている。いかにもスポ根集団という感じの、艶《つや》っぽい要素など欠片《かけら》もない男たちだった。

だがその「寮の先輩」というのは、正体がしれなくて気にかかる。眞生に親切なのも、下心があるからではないかと、桂は自分を棚《たな》に上げて疑ってしまう。

恋人が女なら、女友達の話をしても問題はないが、男の恋人が男友達の話をするのは微妙だと思う。

まして、今の眞生は、妙に色気づいてきているのだ。惚れた欲目で、自分だけにそう感じられるのかもしれないけれど。

自分にだけ、可愛いところを見せているのならいい。だが、警戒心の乏《とぼ》しい眞生は、桂に向かって心を開き始めたように、ほかの者たちにも無防備に己《おのれ》を開いてしまうのではないか。

桜の開花と歩調を揃《そろ》えるかのように、甘やかに花開こうとしている若い恋人。

そして、ついぞ感じたことのない苛立《いらだ》たしいざわめきに、桂はとまどっていた。

「桜って、こんなに早く散ったっけか」

眞生《まき》は学食前に設《もう》けられた入部受付の席で、ぼそっと呟いた。

高校に入学したときは、満開の花の下を母と歩いて校門をくぐった覚えがある。春の風がざっと吹き抜けるたび、はらはらと花びらが散ったものだ。

三年前の大学の入学式は、高校のそれよりも数日早かったのに、やはり散り初めだった。そしてこの春は、四月になる前に満開宣言が出てしまった。

サークルの勧誘活動まっさかりの今日、キャンパスの桜はもう半《なか》ば葉桜になっている。

大型電器店の呼び込みのように、やかましく新入生を誘う他のサークルの学生をよそに、水泳部は形だけの勧誘を行っていた。開店休業の手持ち無沙汰《ぶさた》から、眞生はつい食堂前の桜など眺《なが》めてしまう。

同じ運動部でも、ソフトテニスやワンダーフォーゲルと違って、水泳は大学に入ってから始めてどうにかなるものでもない。新人は中高でそれなりに活動していた学生たちで、入学前にほとんど入部が決まっている。

長机に肘《ひじ》をつき、ぼうっとしていると、部長がやってきて「交代しようか」と声をかけてきた。

「いや、いいっすよ。どうせ用事もないし」

眞生の返事に、そうか、と言いながら、部長は横に腰を下ろす。

溜め息をついて名簿を眺め、

「今年は、不作だぞ。新興大学に有望な学生を攫《さら》われちまったからな」

そうこぼすなり、ぐっと身を寄せてきた。

「羽角《はずみ》。おまえに期待していいよな？　足も治ったことだしな」

「治ったっていっても、まだ……」

言いかけるのへ、部長は慌てたふうに押し被《かぶ》せた。

「あ、わかってる、わかってる。焦《あせ》ってぶり返したら、元も子もないものな。スロースタートでいいさ」

病根《びょうこん》はすっかり摘出《てきしゅつ》したのだ。「ぶり返す」ことなどありえないが、相手がそう言ってくれたので切り出しやすくなった。

本当に痛いのに仮病を疑われた記憶は、眞生を臆病《おくびょう》にしている。

眞生は言葉を選びながら、

「スローでいいということなら……月末の交流戦、俺、あれはパスしようかと思っているんですが」

眞生の申し出は、あっさり受け入れられた。

「それがいいだろう。春季記録会あたりが再デビューには手ごろじゃないか？　なにしろブランクが長かったからな……。スイミングスクールのバイトにしたって、水には入ってもまともに泳いじゃいないんだろ？」

そのとおりです、とうなずく。

いや、一度だけ、気持ちよく泳いだことがある。

桂《かつら》に誘われてプールの開放日に行ったとき、彼から古式泳法の指南を受けた。久しぶりに全身で水に浮き、水をとらえ、水を感じた。持てる力のすべてをぶつけるような泳ぎはできなくとも、水に拒《こば》まれてはいないことに、泣きたくなるほどの幸福感を覚えたものだ。

やはり、水泳から離れては生きられない眞生だった。

陸に打ち上げられた人魚のような、よるべないみじめな思い。そこに差し伸べられた手がどれだけありがたかったか。

だから、好きだとコクられてまごつきはしたけれど、撥《は》ねつけるなんて思いも寄らなかった。感謝の気持ちの延長線上で、桂とつきあうようになったのだ。

延長線？　本当にそうだろうか。

眞生はふと兆《きざ》した疑問に背中を押され、自分の胸のうちを覗《のぞ》いてみた。

だったら自分は、なぜあんなに苦しく腹立たしかったのだろう。桂が女を家に連れ込んだのが許せなかったのは、感謝の気持ちとは何の関係もないのではないか。

自分をごまかしてはいけない、と思った。桂が好きだ。あの人の優しさも、ときに見せる剛毅《ごうき》さも、ふざけた態度でコーティングされた「本気」も。

このごろは、何かのスイッチが入ったかのように、桂のことを思うとトクトクと胸が高鳴る――。

「はーい、お一人さまごあんなあい！」

大きな声に、夢想を破られた。隣の机の軽音部に、入部希望者があったらしい。

部長が羨《うらや》ましげに横目で見ている。

スロースタートの提案を受け入れられてほっとする一方で、部長も案じるほどブランクが長かったことが、自分でも気になってきた。

労災病院の医師からは、抜糸したら泳いでもよい、と言われていた。だが、医師の考えている「泳ぐ」ことと、水泳部の泳ぎとでは質も量も違う。

今もまだ、全力では泳いでいない。練習時間にしても、最盛期には遠く及ばない。百パーセントの力で泳いだら、縫《ぬ》ったところが裂けるのではないか、などとバカなことを考えてしまったりもする。

午後になって、新二年生が二人でやってきたので受付を任せ、練習が休みなのを幸い、「月桂樹《げっけいじゅ》」を訪ねることにした。水曜日は午後三時までで診療《しんりょう》を終わると聞いていたのだ。

着いてみると、ちょうど最後の患者が帰っていくところだった。かなり腰の曲がったおばあさんで、桂はその肩を支えるようにして玄関から送り出していた。

現れた眞生を見るなり、

「え。自転車で来たの？」

驚いたように言う。

「けっこうキャンパスが広くて、寮から専門の授業のある棟《とう》までは端と端だから、やっぱり自転車でないと」

「じゃあ、もうすっかり本調子なんだ？」

桂は妙に熱心に訊《き》いてきた。

眞生は思わず口ごもった。

「……健康体かという意味なら、まあ」

歯切れの悪さに、桂は何かを感じたようだった。

「何か問題でも？」

治療院というより、小洒落《こじゃれ》た喫茶店のような待合室に上がりこみ、眞生は自分の懸念《けねん》を打ち明けた。

「筋力が低下してるのが、自分でもわかるんです。ジュニアのころのコーチに、一日練習を休んだら、元のレベルに戻るには三日かかると言われました。それでいったら俺は」

一日で三日の遅れが出るのなら、半年のブランクを取り戻すのにどれほどかかるか。考えるだけで、暗澹《あんたん》たる気分が押し寄せてきた。

期待していると部長に言われても、いつになったらチームのために貢献《こうけん》できるようになるのだろう。もう三年生だという焦《あせ》りもあいまって、水底で鎖《くさり》に絡まれて浮き上がれないような息苦しさを感じていたのだ。

眞生はぐっと奥歯をかみ締めて、泣き言を漏《も》らしそうになるのをこらえた。

桂はそんな眞生に気づかぬはずはないのに、飄然《ひょうぜん》と返してきた。

「人間の体なんて、そうそう計算どおりになるもんか。なると思ってるのが、西洋医学の浅はかなところさ」

にやっと笑って、こう続ける。

「出会ったときにも、そういう話をしたっけね……。君はうさんくさそうな顔をしてた。僕をどう見てたか、見当はつくけど？」

それを聞いて眞生は、桂のことを「オカマかホストか」といぶかったのを思い出した。

そんなことないです、と慌てて首を振ったが、説得力はなさそうだった。もともと嘘は下手《へた》だ。

それで眞生が浮上したと見てとったのか、桂は真面目《まじめ》な顔になった。

そういう顔をすると、やはり医療に携《たずさ》わる者の威厳《いげん》のようなものが感じられる。

「あのときも言ったと思うけど、西洋医学には限界がある。定量的な西洋医学では考えられない治癒《ちゆ》力《りょく》を、東洋医学は人間から引き出すことがあるんだ」

眞生は直球で訊き返した。

「引き出せますか」

「もちろん。筋を違えたときなんかは、経絡への鍼《はり》がよく効くね。ただ筋力については、やはりトレーニングだと思うよ」

そう言うと、桂はすっと腰を上げた。

「これから行こうか」

施術室《せじゅつしつ》へということだろうか？

だが桂は、着ていた白衣をさっさと脱《ぬ》いだ。

「ちょっと待ってて。以前通ってたジムのチケットがまだ残ってるんだ。あれを無駄にする手はない」

言い残して、私宅へと続く廊下に消えた。

やがて桂は、縞《しま》のパーカーを羽織り、大きなスポーツバッグを提《さ》げて出てきた。

乗ってきた自転車は置いたまま、桂の車で連れて行かれたのは、最寄り駅にほど近いスポーツクラブだった。

大きな一枚ガラスの自動ドア。ホテルのフロントのような受付があり、壁には現代絵画がかかっている。

桃園《ももぞの》スイミングとは段違いにゴージャスで、洗練された雰囲気《ふんいき》だ。

ただ、見たところプールはないようだった。それで桂は、桃園スイミングに来たのだろう。

受付を済ませ、地下一階の更衣室で桂に貸してもらったジャージに着替え、再び階段を上がって、トレーニングルームに入る。

出入り口では、揃《そろ》いのウエアをまとった若い男女のスタッフがにこやかに迎えてくれた。

客はと見回すと、老若男女が入り混じっている。スポーツ好きというより、美容と健康のために通ってくる会員が多いのだろう。

大学にも運動部共通のジムはあるが、予算の問題もあって、やはり器械が古く台数も少ない。それにひきかえ、ここは最新の筋トレマシンがそろっている。

眞生は思わず目を輝かせた。

「ふだん自転車に乗ってるんだから、サイクルマシンは省略していいか。ステップマシンあたりからいってみる？」

短いスキー板のようなマシンに桂と並んで乗り、腰に力を入れて足の上下運動を繰り返していると、五分ほどで汗が吹き出してきた。

体がほぐれて温まったところで、ひととおりのマシンをやってみる。

上半身よりやはり足が気になって、眞生は足腰を重点的に鍛《きた》えるマシンばかりを選んだ。

まずはレッグプレスだ。台に仰向《あおむ》けになり、足を直角に踏み板に当て、バーを摑《つか》む。顎《あご》を引いて膝を、ぐん、と伸ばす。荷重のかかった板が快《こころよ》い抵抗を示し、それを跳ね返す自分の力の充溢《じゅういつ》を感じた。

同じメニューを隣り合ったマシンでこなしていた桂は、ふと眞生の荷重を見て、驚きの声を上げた。

「えっ。百キロも荷重をかけてるの？」

「はあ」

「君、体重は六十キロもないよね？」

そんなに華奢《きゃしゃ》に見られているとは思わなかった。

脂肪《しぼう》がほとんどない、筋肉ばかりの体は、見た目より重い。たしか六十五近いはずだ。

桂は台から上体を起こし、自分のトレーニングは中断して眞生の動きを見守った。専門家らしい目で観察している。

「筋力が弱ってるなんて、全然思えないけどな」

眞生は息を吸いつつ、また深く膝を曲げた。

「前は、百五十キロでもいけたんです」

一瞬、桂は絶句した。こほんと咳払《せきばら》いし、

「……頼むから、全力で蹴《け》とばさないでくれよ？」

眞生は腹筋に力を入れたまま、声をたてずに笑った。なんだかいっぺんに気が軽くなった。

ボート漕《こ》ぎやベンチプレスまでひととおりのマシンをこなし、最後の仕上げにランニングマシンに乗る。レベル3の負荷をかけて二十分ほども快調に飛ばすと、悩みが吹っ切れはしないまでも、根の浅いものに感じられてきた。

横で走る桂が、息切れひとつしない眞生に讃嘆《さんたん》の目を向けてくるのも快い。口で百万回「君は大丈夫」と保証されるよりも、ぎりぎりまで筋肉を追い込むことで、戻ってくる自信というものがある。

来てみてよかったなと、眞生は思った。

汗を流して帰ろうと言われ、階段を降りて地下のシャワールームに行く。

タオルはきちんと畳《たた》んだものが棚《たな》に用意されていて、シャンプーのたぐいも桃園の備品と比べて見るからに高級品だ。

タオルを手に、区切られたブースの一つに入る。眞生は短い髪にシャンプーを振り掛け、がしがしと泡立《あわだ》てた。

桂は隣のブースに入り、やはり髪から洗い始めた。泡だらけの長髪を額から後ろにかきやり、仰向いてシャワーで流している。

髪が短いぶんだけ早風呂の眞生が先に出ようとしたとき、桂は体の泡を洗い流しながら、境のパネルごしに声をかけてきた。

「この後、うちに戻るだろう？」

どきんとした。自転車が置いてあるから、というだけではない含《ふく》みを感じたのだ。

眞生は内心の動揺《どうよう》を隠し、平気なふうを装って「ええ」と返した。

桂を赦《ゆる》したということは、受け入れ、恋人としてつきあっていくということだ。そこには、当然からだの関係も含まれる。

恋愛にうとい自分だが、愛し合うということは心身のすべてを交わしあうということだとわかっている。思いあう心がそこにあれば、汚《けが》らわしいことでも恥ずかしいことでもない。

それに、桂はけっして暴君ではない。現にこの間は、病後の体を気遣《きづか》って、唇へのキスさえしなかった。

何も案じることはない。

眞生はそう自分に言い聞かせた。

ロッカー室で着替えを済ませ、フロントのある階に戻ってきたとき、桂は提案した。

「ここ、軽食喫茶も併設《へいせつ》なんだ。何か食べていこう」

言われてみれば、軽くはない運動の後で、かなり腹は空《す》いていた。

スポーツクラブの玄関を出たすぐ横に、その喫茶室はあった。外の通りに面した大きなガラス窓には紗《しゃ》のカーテンがかかっていて、町の灯《あか》りと行き交う人影が透けて見える。

テーブルに備えられたメニューを見た限りでは、喫茶というには本格的で、しっかりした食事もできる店のようだった。

注文に応じて運ばれてきたディナーセットをぺろりと平らげる眞生に、

「それだけ食べてもそんなに痩《や》せてるんだ？」

桂は羨ましそうに言う。彼自身は、節制に努めて今の体型を保っているらしい。

「運動量が半端ないんで……」

「外洋で泳ぎ続けるマグロみたいなもんかな。流線型で筋肉質で、すごいよね」

その目に、讃嘆《さんたん》とは別の光が滲《にじ》んだ。

眞生は焦《あせ》って目を伏せた。

食事を終えて外に出る。空には満月が、ぼうっとけむっていた。晩春の艶《なまめ》かしいような夜気に、眞生の胸はざわめいた。

「月桂樹」に帰り着き、まっすぐ二階の部屋に伴われた。部屋に入ると、一気に緊張が高まった。

桂は、ドアの前に突っ立ったまま固くなっている眞生の指をとらえ、引き寄せた。肩口を抱きこんで、唇を奪う。

がっついた感じのない、しっとりした口付けだった。

眞生の警戒心が緩《ゆる》み、代わって、どこかがむずむずするようなきまりの悪さを感じた。

「は」

喘《あえ》ぎの隙をついて、するりと舌が滑《すべ》り込《こ》んでくる。そこだけ別の生きもののように、桂の舌は眞生の中で自由自在に動いた。

桂とキスをするのも、これで何度目になるのか。しかし、息継ぎをしなくてはならないほど長いキスは初めてだった。

呼吸のタイミングが難しいと感じた。

振り上げた腕の間から斜《なな》め後ろに顔を上げて、すばやく空気を吸うクロールの息継ぎとは違う。

相手の呼吸に合わせるので、眞生はいっぱいいっぱいだった。

それでも、からだは確実に高められていく。

全身が痺《しび》れたようになり、股間《こかん》がじわっと熱くなってくる。

キスをすれば、誰とでもこんなふうになるのだろうか。

そのうち桂の手が前に伸びてきて、服の上から眞生の硬い膨《ふく》らみを確かめるように撫《な》でた。

「あ……」

びくっとして、眞生は思わず自分の手をそこに被せてしまった。

桂はしつこく追ってこず、眞生をベッドにかけさせ、Tシャツをめくり上げた。

惚《ほ》れ惚れと吐息《といき》をつく。

「見れば見るほど、綺麗だな。こうして触ってみないと、何か硬い材質でできてるとしか思えないよ」

率直な感嘆に艶《つや》をにじませて、桂はまた、下に触れてきた。

「ここもね」

いつだったか、「すべすべしてまっすぐだ」と言われた。どういう状況でそれを言われたのかを思い出すと、何かがもやっと引っかかった。

頭の隅を掠《かす》めたのは、「視野の狭《せま》くなる病気」のことだ。桂の古くからの知り合いらしい労災病院の医師と話した感じでは、まったくそんなことはなさそうだった。

今になって、最初の大嘘から、芋《いも》づる式《しき》にこれまでつかれた嘘の数々が浮かび上がってきた。

自分も世間知らずだったとはいえ、ずいぶん恥ずかしい騙《だま》され方《かた》をしたのではないか。

「あれも……嘘だった？」

桂は手をとめて、怪訝《けげん》そうに見返してきた。

「あれ、って？」

「治療の効果を上げるために、抜くんだって」

桂は苦笑いを浮かべた。

「そりゃ……あの時点で『君が欲しい』なんて言ったら、引いただろう？」

あまりにも悪びれない態度に、腹が立つより毒気を抜かれてしまう。

眞生はあえて、プラス思考でとらえることにした。もうひとつ、あのときも気になったことを確かめてみる。

「だったら、ほかの患者さんにはしてないんですね」

「もちろん」

桂はちょっと驚いたように目を瞠《みは》った。

「誰にでもすると思われちゃ心外だな」

では、施術室《せじゅつしつ》でうとうとしているとき、衝立《ついたて》の向こうから聞こえてきた声は何なのか。

その質問をする間もなく、とん、と肩を衝《つ》かれてベッドに仰臥《ぎょうが》させられる。桂は眞生のジーンズに手をかけ、ぐいとずり下ろした。

そして、すでに芯《しん》をもっていた眞生の雄《オス》をやわらかく握《にぎ》りこむ。

「あ」

眞生は小さく声を上げた。

施術室で何度もそうやって抜かれているのに、今夜はやけに恥ずかしかった。

「なんか、見られるのって嫌かも……」

もじもじと腰を揺らして呟く。

すると桂は、「見えないようにしようか?」と言うなり、その部分に唇を被せてきた。

ぎょっとして眞生が撥《は》ね起《お》きようとするのを、桂は落ち着いて押し返す。

「大丈夫だから。すぐよくなるよ?」

眞生は再び口中に納められて、上ずった声を上げた。

「こ、これって、普通、なんですかっ」

桂は口を離すと、ぺろりと上唇を舐《な》めた。淫蕩《いんとう》な表情に似合わぬ、冷静な声で言う。

「セックスなんて、ルールブックがあるわけでも何でもないいんだから、したいようにすればいいんだよ」

そしてまた、眞生の股間に顔を伏《ふ》せた。

濡れた温かい肉の感触に、こらえようもなく喉が鳴った。すっぽりと包まれ、舌で捏《こ》ねられると、眞生の雄はむくむくと膨《ふく》らんだ。

「ん……あ、あ……っ」

手で抜いてもらっていたときの快感とは、比べものにならない。

皮膚《ひふ》感覚だけでなく、自分の股間で揺れる桂の綺麗な茶髪、ぴちゃっと舌を鳴らす音に、眞生はみるみる追い上げられた。

「出る」と告げることもできないまま、眞生はしたたかに吐精《とせい》した。

出したものを桂がどうしたのか、それもわからなかった。

頭が真っ白になるほどの快感。深い虚脱《きょだつ》の後、意識がはっきりしてくると、桂のしたことにあらためて衝撃《しょうげき》を覚えた。

ルールはないと言っても、同性のそれを口にするなんて、桂には抵抗がないのだろうか。

眞生は動転したあまり、半《なか》ばしゃくり上げた。

「俺、俺、こんなん初めてで……どうしたらいいか……っ」

桂は濡れた唇で微笑《ほほえ》んだ。

「何かしてくれるの？」

何か。今、桂がしたようなことを？

眞生は、ごくっと唾《つば》を呑《の》んだ。

桂は「無理しなくていいから」と言いながら、眞生の尻《しり》に手を滑らせてきた。割れ目にするりと入り込んだ桂の手は冷たいわけでもないのに、細かい震えが眞生の皮膚の表面を走った。

その震えに気づいたのか、桂は手を止めて覗き込んできた。

「……怖い？」

そう訊かれて、眞生は初めて、自分の中の怯《おび》えに気づいた。

痛い目に遭《あ》わされることはないとわかっている。

あのときだって、苦痛らしい苦痛はなかった。本来受け入れる場所ではないところに男のものを受け入れたというのに。

むしろ、自分がその行為に快楽を覚えたことの方がショックだったくらいだ。

だがあれは、媚薬《びやく》のおかげかもしれない。

本当はとんでもなく痛いのではないか。

クスリを使うなんて非道だと思いながら、今となっては素《す》で抱かれることが怖かった。

「……は、ちょっと。……すいません」

「ごめん。それ、僕のせいだから」

桂は優しく耳に言葉を吹き込んでくる。

「最初にひどいことをした。もっと優しくできたのに。僕が全面的に悪い」

そう囁《ささや》きながら、太腿《ふともも》の内側を撫で上げ、撫で下ろす。

そうされると、背筋がぞくぞくした。

「……んっ……」

思わず息を呑むほど、その刺激は甘かった。

「ここ、触られると、くる?」

「来るって、何が、あ……っ」

眞生はびくりと身を縮《ちぢ》めた。

「じゃあね。ここでしよう。中には入れない。それなら平気?」

よくわからないなりに、桂がいたわってくれているのがわかって、眞生は緊張を緩めた。

「いい子だ」

桂は眞生の肩を押して横臥《おうが》させ、背後からぴたりと密着した。そして、二つの足が体軀《たいく》の末端と出会うあたりに、もう一度手を差し込んできた。

外側には筋肉が固くついているが、そこはしっとりと柔《やわ》らかい。鍛《きた》えることのできない、無防備な場所。

やがて、やわやわと擦《こす》っていた手に代わって、濡れて熱いものが押しつけられた。反射的に腿をきつく閉じる。自然、桂の雄を挟《はさ》む形になった。

桂の手がしっかりと腰を摑む。弾《はず》む息が耳をなぶった。

「眞生。好きだよ……」

熱心に擦りつけながら、桂は眞生のものを前に回した手で扱《しご》いた。

眞生は思わず腰を揺らめかせた。重なった腰の動きが揃《そろ》う。イルカの泳ぎに似ていると思った。

「あ、いく、また、桂、さんっ…」

眞生は切ない声を漏らし、いっそう激しく身を揉《も》んだ。

「うん。僕も、もうすぐ……」

語尾がわずかに上《うわ》ずり、桂はぶるっと震えた。

腿の間が互いのもので生ぬるく濡れるのがわかった。

眞生は壁の電子時計にちらっと目をやった。

十時を回ったところだ。寮の門限は午後十一時。

温かくてしっかりとした腕から、眞生は自分の体を抜き出した。

「泊まっていけばいいのに」

桂は目を開け、恨《うら》めしげに呟く。

トランクスとジーンズを一緒に引き上げながら、眞生は申し訳ない思いで答えた。

「寮は、事前に申し出ておかないと、外泊できんくて」

桂はふーっと大きな溜め息をついた。

「いまどき、不自由だなあ」

「数年前まで四人部屋だったっていうし、うちの学校、ちょっと時代遅れかも」

桂はベッドに肘《ひじ》をついて、半ば身を起こした。

「まあ、体育会系の寮だったりしたら、もっときついんだろうね。……水泳部には、そういうのはないの」

Tシャツに頭を突っ込んだまま、眞生はくぐもった声で返事をした。

「あ。合宿はたまに」

シャツの襟《えり》から頭を突き出すと、起き直った桂の姿が目に入った。

腰から下はシーツに隠れているが、上体は素裸だ。

やたら尖《とが》った自分のからだより、自然な筋肉のついた桂のからだの方が美しいと思う。バランスがとれている、という気がするのだ。

桂はふと目を合わせて、意味深《イミシン》に微笑みかけてきた。

「うちにも空《あ》いた部屋はあるんだけど？」

眞生は目を瞬《しばたた》いた。

――それって……同居、いや、同棲《どうせい》しようってことか？

驚くほどのことではないのかもしれない。

つきあっている学生同士でマンションをシェアしていたり、交際相手の実家に転がり込んだり、そういう話はよく聞く。こうして夜をともにするのなら、その方が自然なのかもしれない。

だが眞生は尻込みした。

「や、ちょっとそれは」

桂は強引に押してくる。

「大学には、ここから通っても大した距離じゃないだろう？　いろいろ便利だと思うんだけどな」

その「いろいろ」の中には、こうした行為も含まれるのだろう。それを思うと、なおさら腰が引けてしまう。

桂が嫌だというのでも、この行為が嫌だというのでもない。けれど、流されるままに同居したら、距離がなくなったら、何か大切なことが置き去りになるような気がしたのだ。

今だって、からだの快楽と桂の優しさに流されて、ふとした折に感じた不信を追及する気は失《う》せている。

眞生は、もう一つのもっと無難な理由を持ち出した。

「無理言って年度途中から寮に入居させてもらったんで、またすぐ出るってのも」

そして、こう補足した。

「例の先輩が世話してくれたアルバイト、俺、結局何回も行かずに辞めてしまったんです。水泳部に復帰したら、続けるのは無理で……。そのうえ、寮も出るなんて、あんまり身勝手すぎると思うし」

ふうん、と桂は鼻を鳴らした。

「体育会系は義理堅《がた》いんだな」

薄く笑う。

だが目は笑っていない。どこか拗《す》ねたような表情だ。

その表情に、ずきっと胸が痛んだ。

桂はずいぶん譲歩《じょうほ》してくれている。さっきだって、自分の緊張を感じ取って、欲望のままに振る舞うのを抑《おさ》えたのだ。それなのに、寮の先輩への義理を優先したのでは、桂も面白《おもしろ》くないだろう。

——俺ってやっぱ、堅すぎるんだろうな。

そうとわかっていても、簡単に態度を変えることはできない。口実としてでなくても、親切を受けた相手に対して義理を欠くことはしたくなかった。

溜め息とともに、桂はするりと起きだして、裸の体にじかにシャツを羽織った。前を軽く押さえ、ふぁさっと髪を掻き上げる。生まれつきかと思うほど、艶やかで自然な茶髪のせいもあって、そんな半裸体が少しも卑《いや》しく見えない。

ギリシャ神話の中の人物のようだった。

「せめて下まで送るよ」

そして桂は、いたずらっぽく付け加えた。

「自転車に乗れないようなことはしてないよね？」

眞生はこくんとうなずいた。

「ええ。大丈夫です」

携帯、財布、部屋の鍵《かぎ》。ジーンズのポケットを探って確かめてから、部屋を出た。大丈夫とは言ったものの、いくらかけだるく、階段を下りる足が重かった。

桂は背後から庇《かば》うように、眞生について下りてきた。

玄関の内側で、桂は足を止めた。

いくら夜でも、その格好で外に出てくるわけにもいかないだろう。

眞生はドアを開け、「じゃ。さよなら」と頭を傾けた。

返事はなく、ぐいと引き戻されて、唇に軽いキスを落とされた。

不思議なことに、ディープなそれより自然な情愛を感じる。胸のうちに甘酸《あまず》っぱいものが満ちてくる。頬が熱い。

そんな自分が少々照れくさく、眞生はぶっきらぼうに、もう一度「じゃ」と手を上げて、後ろ手にドアを閉めた。

黄色い外車の横に寄り添う自転車の、向きを変えて跨《また》がる。

自転車を駐車場から出し、初めはゆっくり、次第にスピードを上げて漕《こ》ぐ。幹線道路ではないし、この時間では帰宅を急ぐ車も通行人もない。

風はなまぬるく、熱の溜まったからだをなぶる。

水泳の練習後とはまた違った、心地よいけだるさの中に、微妙に苦い後味を感じた。

この苦味は、最後までしなかったから、だけではないと思った。くすぶっているのは、メンタルの部分だ。

桂はあっさりと嘘を認めた。嘘を否定しなかっただけ、あの人にしては正直なのだろう。

そう思っても、もやもやするのはどうしようもない。「口説《くど》くための嘘は、習い性《しょう》だ」と言う相手を、自分はどこまで信頼できるだろう。さっきだって、すべてが正直な答えだったとは思えない。

優しいのに、寄りかかりきれない。全体重をかけたら、ふいっと支えをはずされてしまうのではという不安を抱《かか》えてしまう。

自分ともう「恋人」という仲になっていたのに、桂は平気で他の女性を抱こうとした。

窓の下で、艶を帯びた声を聞いたときの、耳をふさぎたいような思いを、眞生は忘れてしまったわけではないのだ。

当然ながら、今後についても今ひとつ信頼できない。

切れ目なくつきあう相手のいるような男。恋愛をゲームと割り切ることのできる男。

そんな男に、自分は玩具《おもちゃ》のように扱《あつか》われた。桂は眞生を拘束《こうそく》して犯したあげく、「よかったくせに」と共犯関係を押し付けてきた。

それが恋情のゆえだと言われても、鵜《う》呑《の》みにはできない。

――でも、なりふりかまわず俺を追ってきた。何もかも放り出して駆けつけてきてくれた。

俺の足を抱きしめて「離したくない」とすがったときのあの人の目は、嘘じゃなかった。

自分が苦しんだように、桂も苦しんでいると思った。だからその想いに応《こた》えた。

そのことを後悔はしていないけれど、桂のことが好きなのは間違いないけれど、どうしても割り切れない思いが残った。

完全には重ねることのできなかった、このからだのように。

五月の連休は、他校との合同合宿で潰《つぶ》れた。

今年は、近隣のライバル校でもある水泳の名門・東谷《ひがしたに》大学と一緒に、というのは、去年から約束ができていた。

こうした合宿を企画したのは、日常の練習を他校とともにすれば、練習のメニューにも変化が出て、いい刺激になるからだ。

連休初日の午後遅く入所して、夕食は懇親会《こんしんかい》の形になった。それぞれの部長・顧問《こもん》が挨拶《あいさつ》し、明日からの練習のメニューが発表された。

次いで、部屋割が食堂の壁に貼《は》り出《だ》された。それぞれの部屋に、眞生《まき》の在籍《ざいせき》する都南《となん》大と東谷大の学生が半々に入るように考えられている。この合同合宿には、古豪《こごう》同士、親睦《しんぼく》を深めようという意味合いもあった。

眞生に割り当てられた部屋は、全員が三年生だった。上下関係がないので話しやすいものの、顔を合わせたばかりとあって、まだ互いに取り澄ましていた。

次の日から、近くの屋内プールで合同練習になった。

外には五月晴《さつきば》れの空が広がっている。恨《うら》めしいような思いで、眞生は高い天井《てんじょう》のガラス窓から見える空を仰《あお》いだ。練習していて、「せっかくの連休」などと考えたのは初めてだった。

それまでは、連休に誰かとどこかへ、などというイベントもない生活だった。

今は違う。少なくとも、連休をともに過ごしたいと望んでくれる相手がいるのだ。

連休に合宿と聞いたときの桂《かつら》の、落胆《らくたん》した顔を思い出す。

『治療院、三日も休めることなんて滅多《めった》にないいんだけどな』

桂は、今どうしているだろう。一人でジムに行ったりしているのだろうか。それとも黄色い外車を駆って遠出でもしているのだろうか。

その想像の中には、ある種の危惧《きぐ》が少しばかり混じっていた。

セックスにルールはない、と豪語《ごうご》した男だ。つきあっている相手がいる、ということが火遊びの歯止めになるとは限らない。その相手が連休も水泳浸《づ》けでは、欲求不満を持て余すということも……。

眞生は兆《きざ》した疑念を振り切るように、合宿生活に没頭《ぼっとう》した。

泳ぎ、食べ、眠り、いたって規則正しい三日間が過ぎた。

そして最終日の夜。

夕食後、部屋に引き取ると、同室者たちは何となく車座になって、「水泳以外の話」が始まった。

三日も生活をともにしていれば、さすがにすっかり打ち解けている。

気心の知れてきた、二十歳かそこらの健康な男たちが、六人もひと部屋に詰め込まれていたら、話題はひとつだ。恋バナ。それもかなりあけすけな。

それでも初めは、ありがちなナンパの成功談、失敗談程度だった。やがて、話題はAV女優の品定めや、フーゾクでの武勇伝へと発展していく。

盛り上がってきたところで、東谷大の一人が、得意というには微妙な表情で言い出した。

「俺さ、AV男優にならないかって声かけられたことがあるんだぜ」

わっとどよめく。

眞生も驚きの声を上げた。

そういうことが本当にあるものなのか。

「よっぽどスキそうに見えたんだなー」

「よっ、ゼツリンくん！」

仲間たちがまぜっかえすのに、その学生は頭を掻《か》きながら種明かしをした。

「それがよう。男同士のヤツなんだ」

またもやどよめきが起こる。

眞生は今度は同調することができなかった。息を詰めるようにして、耳を澄ましていた。

一番悪ノリするタイプの学生が、大げさに手をパタパタさせて顔をしかめた。

「わ。無理。絶対無理。女相手なら勃《た》つもんも、ヤロー相手じゃなあ」

「どんなデブでもブスでも、男に比べりゃ、な」

「やー、さすがに女なら何でもいいってわけじゃや。やっぱ顔とかカラダとか、基準値はクリアしててほしいなあ」

わいわい勝手なことを言っている仲間を、クールガイを気取る男がばさっと切り捨てる。

「顔も体も良くたって、マグロはごめんだ」

「マグロって？」

眞生はようやく言葉を挟《はさ》んだ。

「あ、こいつたぶん、未経験だから」

都南大の同級生がしたり顔で明かす。

覚えず、顔が赤くなった。たしかに、女を抱いたことはないのだから、童貞《どうてい》ということになる。

「そうか？　俺は経験あるけど、知らんぜ」

とりなすように告白する者もいれば、それに対して突っ込む者もいる。

「やれやれ、最近の若いヤツは」

「同い年じゃんかよー」

眞生に向かって親切に解説してくれたのは、東谷大のマネージャーだった。

「反応のない女はつまんないって話」

話題はそっちに逸《そ》れていった。

「そうそう。マグロみたいにどてっと寝転がって『どうにでもして』って」

「処女《しょじょ》はだいたいソレだな。つまらない上に、いろいろ面倒なんだよな」

口々にくさす。

——みんな、ずいぶん経験豊富なんだな。

眞生は気後れして、小さくなっていた。

どうやら自分は、ほんとうにオクテであるらしい。

恋だの性だのに無知だという自覚はあったが、焦《あせ》ることはないと思っていた。今はもっと大事なことがあるのだから、と。

だが恋というものは、人生設計にきっちり組み込めるものではない。現に自分は、もともと同性愛者でもないのに、思いもかけない成り行きから、桂という同性の恋人を持つことになったのだし。

これ以上恥《はじ》をさらさないように、眞生はひたすらほかの連中の話を拝聴することにした。

「俺の場合、最初につきあったのがソレでよ。あんまり面白《おもしろ》くないんで、すぐほかの子に行ったんだけど、『処女を捧《ささ》げたのに』なんて詰《なじ》られて困ったよ」

「相手がマグロなら、乗り換えはしょうがないよな」

いくらか倫理観のあるタイプなのか、ごつい肩をした平泳ぎの選手が、不愉快《ふゆかい》そうに切り返す。

「そんなん、後付けやろ。浮気性は病気みたいなもんだ。しかも治らんからなー」

聞いているうちに、眞生はどんどん気持ちが沈《しず》んできた。ただ物知らずというだけではない。自分も一種の「処女」だったと言えなくもないのではないかと思ったのだ。

「処女はつまらない」。

そのこと自体、誰も否定していないこともショックだった。

桂が薬を使ったのも、ひょっとしてそれが理由だったのだろうか。そのままでは芸がなくて、つまらないから？

知識も経験もなく、からだはガチガチ。マグロとはまさしく自分のことだ。泳ぐしか能がないというあたり、本家本元のマグロとも言える。

それに、さっきからのフーゾク話でも、性の段階は、手で、口で、本番と、グレードアップしていくものであるらしい。とすれば、太腿の間に擦《こす》りつけるアレは、桂にとってあまりありがたみのないものだったのではないだろうか。

なのに後ろに入れようとしないのは、彼の優しさなのか諦《あきら》めなのか。それを訊《き》いたとしても、真実が返ってくるとは限らない——。

眞生は一人黙然としていた。

そのうち誰ともなく「寝よう寝よう」と言い出して、「夜の座談会」はお開きになった。八畳の部屋に大の男が六人では少々狭苦《せまくる》しいが、みな文句も言わず、てんでに布団を広げて這《は》いこんでいく。

そんな中、疲れているはずなのに、眞生はなかなか眠れなかった。

昨夜まで気にもならなかった周囲の歯軋《はぎし》りや軽いいびきが、妙に耳につく。寝苦しくて、何度も寝返りをうった。

合宿の初日、連休を眞生にすっぽかされた桂が、ほかで欲求を解消しようとするのではないかとあやぶんだことも思い出された。

あのときは空を飛ぶ鳥の影ほどだった黒い翳《かげ》りが、今は暗雲となって立ち込めているような気がする。

今ごろ桂はどうしているだろう。

寂しく一人寝をしているか、それとも……。

『浮気性は治らない』。

断言した部員の言葉が、その懸念《けねん》をいっそう増幅《ぞうふく》した。

きりりと胸を刺す痛みを無理やり抑え込んで、眞生は固く目を閉じた。


朝の眩《まぶ》しい光を顔に浴びて目が覚めた。

周囲はもう起きだして、撤収《てっしゅう》にかかっている。眞生も慌てて自分の布団を片付け、身の回りを整頓《せいとん》した。

食堂で朝食をとった後、その場で簡単な解散式が行われた。双方の部長が挨拶をし、マネージャーたちはねぎらいの拍手を浴びた。

連休の最後の一日を残して、合宿は終了した。

「さー、デートデート」

「またな。関東カレで会おうな」

東谷大の学生たちと握手《あくしゅ》を交わし、マイクロバスに乗り込む。

都南大学までは、三十分ほどの道のりだ。

学生会館の前でバスを降り、眞生はまっすぐ寮に戻った。

まだ連休中ということもあってか、寮は閑散《かんさん》としていた。実家に帰ったり仲間と小旅行に行ったり、短期のバイトを入れた者もいるだろう。

いったん部屋に戻り、この合宿で溜まった洗濯ものを抱《かか》えて廊下に出る。

共同浴場の前の洗濯機にそれらを放り込み、洗剤をたっぷり投入していると、外から帰ってきた学生が通りすがりに声をかけてきた。

「お、羽角《はずみ》。しばらく顔を見なかったな」

右隣の部屋に住む先輩、碓氷《うすい》だった。

碓氷は心理学部の学生だ。中肉中背、髪も染めていなければ、眼鏡《めがね》もかけていない。これといって目立つところのない青年で、体育会系の眞生から見て、やや頭でっかちな印象がある。

食堂の掲示板で、不動産情報を見て溜め息をついていた眞生に、「シェアでも探してるの」と話しかけてきたのが、彼との出会いだった。

将来は専攻を生かして臨床心理士をめざしているという。そのためか、お節介《せっかい》と紙一重《かみひとえ》の親切心を持っているようだ。

今も、さっそく探りを入れてきた。

「連休に彼女とどこか行ってた?」

やはりそれか、と内心おかしく思いながら、あっさり返す。

「いや、合宿やったから」

碓氷は大げさに同情の声を上げた。

「ああ、そりゃ……彼女がむくれてるだろう。ただでさえ、寮住まいだと、逢瀬《おうせ》もままならないからなあ」

この人には、どうもちょっと芝居がかったところがある。悪い人ではないのだが、日常にドラマを見出《みいだ》すことが大好きというか……。

恋人が彼女ではなく、彼氏だとは、眞生はまだ言い出せないでいた。

何もこちらが嘘をついたわけではない。

急いで転居したい、アルバイトも探したいという理由として、とっさにうまい嘘がつけなかった。

やむなく、恋愛関係で社会人の相手ともつれていると正直に話したのだ。そのとき碓氷は、眞生の相手が「年上の女」と頭から決めてかかった。

あの時点では、もう桂とは終わりだと思っていたから、否定するまでもないとそのままにしていた。

しかしこうなってみると、いささか具合が悪い。

「ドラマ」を期待して眼を輝かせる碓氷を、眞生は無下にもできなくて、

「そうっすね。でも連休中のメールは、別に機嫌悪くもなかったっすよ。前に一緒に住みたいとは言われたけど……」

「へえ」

碓氷はしたり顔でうなずいた。

「巣作り志向が強いんだな。妊娠《にんしん》なんかさせると厄介《やっかい》だぞ」

相手が男と知らないのだからしかたがないが、これには参った。どんな顔をしていいかわからない。

眞生は口の中でもごもご呟いて、洗濯機を離れた。

連休が明けるとすぐ、関東学生春季記録会だ。

今年は、大学にほど近い運動公園の屋内プールで開催されることになっていた。

ふだんはそれほどスポーツに関心のない学生も、目と鼻の先での開催とあって、大挙して応援に来てくれていた。自校の水泳部が例年いい記録を出しているのだから、なおさら応援のしがいもあると思ってくれたのかもしれない。

眞生が支度《したく》を終えてプールサイドに出てきたとき、観覧席は満杯だった。

わあん、と耳を打つ歓声に、眞生はたじろいだ。

国体に出た身でありながら、膝が震えた。ジュニアで初めて大きな大会に臨《のぞ》んだときより、緊張していた。

自分がそんなにメンタルが弱いとは、思ってもいなかった。

ブランクの長さが、やはり重くのしかかっているのだ。

練習でのタイムは悪くない。最盛期に一歩及《およ》ばない感はあるものの、この規模の大会で、箸《はし》にも棒にもかからないなどということがあるわけはない。

大事をとって、出場種目も百メートルとメドレーだけに絞《しぼ》ってきた。

――なのに、何がこんなに不安なんだか……。

眞生は落ち着かない気持ちで、爪《つめ》を嚙んでいた。

やがて、百メートル自由形のアナウンスが入った。いよいよ出番だ。

ベンチから立ち上がる眞生の尻《しり》を、部長が後ろからぽんと叩いた。

眞生は羽織っていたパーカーを脱ぎ、進み出た。

第一コースから順に名前が読み上げられる。眞生の名と学校名が呼ばれたとき、会場はひときわ大きな歓声に包まれた。

飛び込み台に上がり、「用意」の合図に応《こた》えて、身をかがめた。

目は水面には向けない。それでは入水角度が大きくなりすぎる。自然、飛び込み台にかけた自分の足指を見る形になった。

かなり薄くなった傷跡が、強く指を曲げているために、紅《あか》く浮かび上がって見える。

その傷跡を見ることで、眞生はかえって勇気を奮《ふる》い立《た》たせた。

——恐れることはない。すっかり治ってるんだ、俺は。

術後の二週間ほどは、それでもかすかな痛みの名残《なごり》を感じた。縫《ぬ》った痛みではなく、もうなくなった腫瘍《しゅよう》が恨《うら》みごとを呟いてでもいるかのような、おぼろげな鈍痛《どんつう》。

ひと月も経《た》ったころ、傷はぱったりと痛まなくなっていた。眞生は驚きとともにその事実を認めた。苦しみに悶《もだ》えた日々が嘘のようだった。

あの苦しかった日々にかけても、自分は負けはしない。

眞生の体は、塑像《そぞう》のように凝固《ぎょうこ》した。

完全な静止。呼吸さえ止めている。

次の瞬間、鋭い電子音が鼓膜《こまく》を打った。

見えない手に背中を押されるように、眞生は水に突き刺さっていった。

横一線のスタート。

誰もみな、それほど高い水音をたてない。だが水中では、互いの掻《か》く水が音波のように干《かん》渉《しょう》し合う。耳の中に残った空気が、水中に溢れる音を伝えてくる。

眞生は力強いストロークで水を掻いた。足は不安なく水面を打っている。

腕を抜く。水に挿《さ》す。後ろへ掻く。また抜き出す。

足はたしかなリズムでビートを刻む。

——そういえば、幼児クラスのころつかまって泳いだあれは、なぜ「ビート板」と言うのかな。

無心に水と格闘《かくとう》しながら、なぜか脈絡のない思いがわいてくる。

見なくても、水圧で壁が間近に迫ったのがわかった。

くるりと水中で身を翻《ひるがえ》し、足裏に壁を捉《とら》える。間髪《かんはつ》入《い》れず、思い切り突き放す。

桂が「全力で蹴らないでくれよ」と言った、その強い脚力が頼りだ。

長く感じたが、ほんの一分足らずの勝負だった。

指が出発点の壁を叩く。水中から砲弾《ほうだん》のように上半身を突き出した。

電光掲示板に数字がともるのと、アナウンスの入るのが同時だった。

ボランティアの女子学生が、やや鼻にかかった声で結果を放送する。

「百メートル自由形、三組、一位・都南《となん》大学三年、羽角眞生。タイム・56コンマ06」

わっと観覧席から歓声が上がった。

眞生はガッツポーズをするのを、かろうじて堪《こら》えた。関東記録会ごときで他の後塵《こうじん》を拝してたまるか、という気負いがあった。

それに、標準記録を超えているとはいえ、自己ベストには二秒も及ばない。

まだまだだ、と唇を噛み締めた。

記録会はタイムレースだ。決勝はない。

結局眞生は、総合では四位だった。オリンピックならメダルに届いていないところだ。

だが今は、多くは望まない。こうして、戦いの場に帰ってこれただけでも、幸運というものだ。それに、この後にメドレーリレーのアンカーという大役を控《ひか》えていては、残念がってばかりもいられなかった。

やがて午前の部が終わり、昼食休憩《きゅうけい》に入った。

女子マネージャーの一人が、バナナとハチミツドリンクを控室《ひかえしつ》に届けにきた。

こんなときにバナナを昼食にするのは、すぐエネルギーに変わってくれる、スポーツ選手にとって重宝な食品だからだ。

競技を前に胃腸を重くするわけにはいかないが、エネルギー切れを起こすこともまた、恐ろしい。

体を冷やさないよう、いったん水着を脱いでジャージに着替えてから、バナナとハチミツドリンクに手をつけた。ゆっくり噛み、体に滋養《じよう》をしみわたらせるように口中でねっとりと捏《こ》ね回《まわ》す。

食後は、控室の床に広げた毛布の上で、軽いストレッチをした。足を深く曲げてから伸ばすと、膝の裏が、ぴんと張って痛い。しかし、その痛みが心地よくもある。

ふーっと息を吐《は》いて横たわり、腹筋運動にかかる。肘《ひじ》を曲げてなるべく反動をつけずに、二度、三度。

そのとき、さっきの女子マネージャーが、足もとに立った。

「羽角先輩。かかりつけの鍼灸院《しんきゅういん》の人が」

眞生は、慌てて跳《は》ね起《お》きた。

戸口のところに、桂が立っているのが目に入った。

今日はTPOを考えたのか、やけに堅気《かたぎ》な身なりだ。

白いボタンダウンのシャツに、ベージュのジャケットを羽織って、髪も後ろに撫《な》で付《つ》け、きっちりと括《くく》ってある。

眞生は嬉しさ半分、困惑半分で戸口に駆け寄った。

「桂さん、どうやってここまで」

国際大会ほどではないが、記録会の舞台裏は部外者がひょいひょい入れる場所でもない。桂は小粋《こいき》に片目をつぶって見せた。

「かかりつけ医ということで、特別に副部長が入れてくれたよ」

あの事件が表沙汰《おもてざた》になっていたら、それこそリンチ事件として水泳部にとっては思わぬスキャンダルになったかもしれない。

それを思えば、あのときその場にいた者たちには、桂はけむたい存在なのかもしれなかった。

桂の頬は、いくらか紅潮《こうちょう》していた。

「あんなふうに泳ぐんだな。君の本気の泳ぎを初めて見たよ」

あからさまな賛美の目で見つめられて、眞生の頬が火照《ほて》った。同時にある感慨《かんがい》が湧《わ》き上《あ》がってきた。

——そうだ。俺はこの人の前で、全力で泳いだことはなかったんだ。

大会に出るたび記録を塗《ぬ》り替《か》え、トロフィーを勝ち得ていたとき、人々は称賛の目で自分を見ていた。複数の女子からコクられもした。

だが桂は、そんな自分を知らない。スイミングクラブのアルバイトコーチ、ただの大学生である自分しか知らないのだ。

たとえ泳げないままだったとしても、この人は自分を否定しない。この人が「好きだ」と言ったのは、元国体選手・羽角眞生ではなく、ただの「眞生」だ。

そのことに気づいたとき、大きな温かいうねりに包み込まれるような気がした。

桂は、さらに言葉を重ねてきた。

「君は水と戦ってねじ伏せると言ったけど。『水を得た魚』どころか、水に愛されていると、僕には見えたね」

そんな気障《きざ》なセリフが、桂にはよく似合う。

桂は顔を寄せてきて、ひそ、と耳打ちした。

「でも忘れないでくれよ？　人類の中で一番君を愛してるのは僕だってこと」

自分の唇に当ててた小指を、すばやく眞生の唇に触れさせた。

今にも抱きしめたそうな顔で、じっと見つめてくる。眞生もその瞳に火をつけられる思いだった。

そのとき、袖《そで》に腕章を巻いた大会役員がそばを通り抜けた。

桂は急に堅苦しいもの言いになった。

「あー、その後、経過はどうですか？　異常を感じたら、すぐ受診《じゅしん》してくださいよ？」

役員の姿が見えなくなると、目と目を見合わせて、くすりと笑う。

こうして顔を合わせれば、ときに胸をよぎる不信など、妄想《もうそう》としか思えない。

愛されている、たしかな実感があった。軽くて気障な言葉が信じられるのは、桂が素《す》の自分に価値を認めてくれていると思うからだ。泳げないときに出会ったということの意味を、眞生

は深く噛み締めていた。

やがて桂は、「じゃ、南側の観覧席で見てるから」と言い残して控室を出て行った。

大会最後の種目は、二百メートルメドレーだった。

アンカーの眞生は、第三泳者が壁にタッチすると同時に、膝のバネを利《き》かせて飛び込んだ。

今、五位だ。ここで何人抜けるか。

水を掻く腕の隙間から、「羽角!」「ハ・ズ・ミ!」という声が耳にこだまする。弾《はじ》ける泡《あわ》に邪魔されて、その声援はときに鈍《にぶ》くくぐもる。だが、顔の周りで渦巻《うずま》く水音を圧して、はっきり「眞生!」と叫ぶ声を聞き取った。桂だと直感した。

その呼びかけに応《こた》えるように、足は伸びやかに水を蹴る。

最後のストロークを、眞生は壁に叩きつけた。

結果は総合準優勝だった。五位でもらったバトンを、同じ組では一位に押し上げたのだ。

任務は果たした、という充足感に満たされて、観覧席に目をやると、桂がさかんに手を振っていた。

水際だって垢抜《あかぬ》けた大人の男が、周囲の目に興奮を隠さないでいるのを見ると、なんだか可愛《かわい》かった。

眞生は微笑《ほほえ》み、手を挙げて応えた。

眞生がいったん控室に引き上げ、ジャージに着替えて出てくると、会場では閉会式の準備をしていた。

観客はぞろぞろと帰り始めている。閉会式まで残っているほどの熱はないのだろう。やはり国体やインカレとは違う。

しかし、たかが記録会でも、それなりの結果が出せたのは嬉しい。ただ、個人の部も団体も、狙った成績に一歩及ばなかったのが悔《くや》しかった。

表彰式の後、腕を組んでプールを睨《にら》んでいると、

「まだまだこれからだろ」

部長は眞生の肩を叩き、そう発破《はっぱ》をかけてきた。そして、他のメンバーに向かっては、声援に嗄《か》れた声を張り上げた。

「うちのエースの完全復調を祝って、この後打ち上げに行くぞ！　教授がたからご祝儀《しゅうぎ》をもらったから、軍資金はじゅうぶんだ」

わっと歓声が上がった。

眞生は観覧席の桂の方を向いて、聞こえないとは思いながら「この後、う・ち・あ・げ」と口の形で伝える。

桂はちょっと残念そうな顔をしたが、思い切りよく席を立った。

そのとき、まだ引き上げていない観客の中に、碓氷がいるのに気づいた。ちょうど桂の斜《なな》め下《した》の席だ。

手を振って合図すると、碓氷はなぜか微妙な表情で、肩のあたりに手を上げて応えた。

打ち上げといっても、未成年の部員もいるので、アルコールはご法度《はっと》だ。それに、眞生のほかにも二人寮生がいて、門限のこともある。だから、あまり遅くならないうちに宴会は解散となった。

自分の部屋に戻るなり、眞生はどすんとベッドに体を投げ出した。

すぐにノックの音がした。

その遠慮《えんりょ》がちなノックから、眞生はてっきり左隣の新入生かと思った。眞生と同じく地方出身のその学生は、ほかに頼る相手がいないらしく、よく眞生にものを訊《き》いてくるのだ。

「どーぞー」

寝そべったまま応える。

ドアを開けて顔を出したのは、碓氷だった。

眞生はベッドから跳ね起きて、姿勢を正した。

「あっ。今日は、応援ありがとうございました」

一年上でも先輩は先輩だ。

眞生のこういうところが、他の学生たちからはとっつきにくく思われるのかもしれないが、運動部にいると上下関係は絶対のものとして身に染みついてしまうのだ。

折り目正しく頭を下げるのへ、碓氷は軽くうなずいた。

「うん、よかった。羽角はカッコよかったよ」

そこまでは歯切れが良かったが、碓氷は何かが喉に引っかかったように口を噤《つぐ》んだ。

そしてそのまま、もじもじと指を回していたが、思い余ったというふうに切り出してきた。

「ええと、君のつきあってる人って、今日の大会に来てた……?」

あっと思った。

あのときの微妙な表情は、それだったのか。

眞生を名前で呼んで応援していたこと。そしてそれに応えた眞生の様子から、碓氷は自分の思い違いに気づいたのだろう。

しかたがない、心理学の学生ならあまり偏見《へんけん》もないだろうと、眞生は認めた。

「ええ、まあ……隠すつもりはなかったんですけど」

つきあいを知られて恥ずかしいような人ではない。

人目を引く美貌《びぼう》、洗練された態度。そして、立派な仕事をしている大人だ。

ただ男だということが、世間的にちょっと普通ではないだけだ。

碓氷は面目《めんぼく》なげに頭を掻いた。

「や、それは俺が悪い。頭から相手は女の人だと思っちゃって。うん、イマドキ別に珍しいことじゃないよな」

　こほんと咳払《せきばら》いする。

　どうやら、言いにくいことを言おうとしているらしい。

「ただ、その、君とはあんまり合わないかなって思った。……なんか過去がありそうだよね？」

「そりゃ、あの年まで童貞ってことはないっすよ」

　眞生はしいて軽く流した。

　桂の過去が気になるなどとこぼしたら、それこそ碓氷は大喜びでアドバイスをしてきそうだ。親切心からにしろ、あまりプライバシーに踏み込まれたくない。

　――そういえば、桂さんとこういう関係になるまで、俺はプライバシーという言葉とは無縁の人生を送ってきたんだよなあ。

　碓氷はいつのまにか、ベッドに腰を下ろしてしまっている。長居する気まんまんだ。

「君、女の子と付き合ったことある？」

「いえ」

　相手の意図が読めず、短く答える。

「じゃあ、ほんとはわからないんじゃないの。自分が男性の方が好きかどうか」

　眞生は眉《まゆ》を寄せて見返す。

　碓氷は、今度は偉《えら》そうな咳払いをした。

「同性愛には、本態性《ほんたいせい》と機会性《きかいせい》と、大きくわけて二種類あるんだ。機会性というのは、つまり、男子校だの軍隊だので周りに女がいないから、やむなく男に走るってことだな」

眞生はすぐに切り返した。

「俺は別に、男子校出身じゃないですけど」

「でも、女の子と付き合う機会は、乏《とぼ》しかったわけだろう？」

機会がないというより、ほかにもっと夢中なものがあったからといった方が正しい。

女の子だけではなく、水泳関係以外では同性の友人さえいなかったのだ。

「たまたま出会った相手が男性だというだけで、自分は女がダメだと決めたもんでもないよ。試してみちゃどうだい」

「……試すって？」

どうもややこしい話になりそうだ。眞生は自分もベッドに腰を下ろした。

碓氷はちょっと腰を浮かせ、微妙な距離をとった。

「フリーの女の子を紹介するよ。一度、デートしてみたら？　あんがいうまくいくかもしれない」

眞生は、最初、相手の言っていることがよくわからなかった。

わかったときには、胸のむかつきを感じた。

「それって、浮気？　二股《ふたまた》ってことじゃないすか。そんなの、その女の子にも失礼だし」

つい語調がきつくなる。

碓氷は鼻で笑った。

「あのね。人間ってヤツは、逃げられると追いたくなるってトコがあるんだよ。君のカレシも、君が逃げたんで、思わず追っかけただけかもね。逃げなくなった君は、つまらないんじゃないかなあ」

「つまらない」という言葉が、ぐさっと胸に突き刺さった。

桂は素の自分を愛してくれているのだからと自分に言い聞かせて、合宿のときのもやもやを忘れようとしていたのに。

そして、言われてみればたしかに自分は逃げた。それもかなりムキになって。だから桂も、ムキになって追ってきたのだろうか。

このごろは桂も、当初の強引さが影をひそめている。それに安住していたけれど、安心していいことではないのかもしれない。

思わず喉を詰まらせてうつむく眞生に、碓氷はさらに提案してきた。

「だからさ。ほかにもいるふりをしてみたらいいんだよ」

「ほかにもって……そんな」

眞生は弱々しく抗議した。さっきのように強気に突っぱねられない。

手ごたえを感じたのか、碓氷はやや強引に押してくる。

「ちょっと焦らせてやるといい。そこで『女の子』だよ」

それでは桂と同じだ。

そう反発するいっぽうで、魔がさしたようにふと気持ちが動いた。

どこまでが真実でどこからが嘘か、摑めない男。もしかすると、自分でも区別がついていないかもしれない男。

「あの人と同じことをすれば、あの人の気持ちが摑めるのかな」という思いが掠《かす》めたからだった。


桂《かつら》はふと、携帯に目をやって、唇を引き締めた。

このところ、いつもこちらから眞生《まき》を呼び出しているのに気づいたのだ。

これまでの恋人とのデートでは、手に入れるまではともかく、本格的につきあいだすと、たいてい相手がかけてきた。

眞生にとって自分は、それほど魅力がないということか？

桂はいらいらと頭を振った。

眞生はいったい、自分をどう思っているのだろう。

もっと夢中にさせてやるとばかり、毎回勢い込んで呼び出すのだが、いざ眞生の顔を見ると、そんな気持ちはどこかへいってしまう。ちょっと無愛想で堅苦しくて恋にオクテな、今のままの眞生でいい、と思ってしまうのだ。

これはもう、自分の方がハマっていると認めざるをえない。

寮の先輩とやらの存在に、微妙にむかつくのも、独占欲のなせるわざだろう。眞生には、自分だけを頼ってほしいのだ。

同居を断られていることも、桂の中に物足りない思いを搔《か》き立《た》てた。

朝までゆっくり眞生を抱いていたい。腕の中で眠りにつかせ、朝の光の中で目ざめる顔を見ていたい。そんな乙女《おとめ》なことを考えてしまう……。

今、眞生は、寝室を出て廊下の向かい側にあるシャワールームに行っている。

階下にはちゃんとした浴室があるが、二階にもトイレとシャワールームを備えている。

祖父が少し体を悪くしたとき、そういうふうにリフォームしたのだと聞いた。

桂にとっても、使い勝手がいい間取りだ。こうして抱き合った後、すぐに汗を流すことができる。

ただ、抱き合うといっても、今夜も最後まではいっていない。

――あのとき控《ひか》えたのがまずかったな。

退院後の眞生をこの寝室に招き入れたとき、ガチガチに緊張しているのが抱きしめた腕から伝わってきて、なんだか可哀想《かわいそう》になってしまった。それに最初が最初だったから、少しは紳士的なところを見せたくて、素股《すまた》にとどめたのだ。

むろん、それも悪くはなかった。引き締まった尻《しり》の感触《かんしょく》は余すところなく味わえるし、内腿《うちもも》の滑《なめ》らかさといったら絶品だ。何より、眞生の負担が軽い。

ほっとしたように身をゆだねてくる様子がまた可愛《かわい》くて、その後も無理押しはしなかった。自分を怖がってほしくない。セックスにトラウマを抱《かか》えさせたくない。そんな思いも、桂の欲望にブレーキをかけた。

それでも、相手の内部を汚《よご》すことでより深い満足を得たいし、眞生にも肉の悦《よろこ》びの深淵《しんえん》を教えたいと思う。

かといって、どのタイミングで誘えばいいのか。すでに、最後まではからだを繋《つな》げないことがここずっと定着してしまっているのだ。真顔で「何するんですか」と拒《こば》まれたら、さぞいたたまれないだろう。

どこかでチロリンと着信音が鳴った。

自分の携帯ではない。眞生が椅子の上に置いていった上着から聞こえたようだ。

桂は手を伸ばし、ポケットをまさぐった。平たくて硬いそれを抜き出し、ぱちんと開く。

悪いと思う気持ちより、眞生を把握《はあく》していたいという欲の方が勝った。嫉妬深《しっとぶか》い女のような振る舞いをしてしまう自分が、つくづく情けない。

手紙のマークを押して、今届いたメールをチェックする。

件名と名前を見て、ほっとした。水泳部からの一斉送信のようだ。

碓氷《うすい》とかいう寮の先輩からではなかった。それなら、中身は見るまでもない。

そのとき、ふと思いついたことがあった。

ドアの方に意識を向けながら、さかのぼって履歴《りれき》を見てみた。ずらりと出てくる。

履歴を消去することさえ知らない眞生の無防備さ。

本当に初心《うぶ》というか、何というか……。

だがこぼれかけた微笑みは、数日前のメールを見たとき、さっとこわばった。

件名は「初デート」、差出人は「ミーナ」となっていた。

もはや迷わずクリックする。

『このあいだは楽しかったです！　三次元映像がすごかったですね。私、思いっきりきゃーきゃーいっちゃって恥ずかしい。マキくんは恋愛映画とかダメですか？　また誘ってくださいね。ミーナ、待ってま〜す』

可愛い絵文字、点滅するハートマーク。おまけに、軽いノリで「マキくん」だと。

かっと頭に血がのぼった。

眞生はゲイじゃない。それは自分がよくわかっている。自分もそうなのだから。

女もいける、というか、そっちが本来の性向だ。

寮の先輩どころじゃない、もっと危険な伏兵がここにいた。

桂はいつもの自分らしくもなく、荒々しい舌打ちをした。

――『俺のものに手を出すな』と返信してやりたいくらいだ。

顔も知らないその女を、桂は想像だけで憎《にく》むことさえできた。

どうせ頭のからっぽな、若いだけがとりえの娘に決まっている。眞生の悩みも苦しみも知らないで、「かっこいい、素敵～！」と能天気な声を上げ、腕にぶら下がったりするのだ。

シャワー室のドアの開く音がした。

桂は電源ボタンを軽く押して、ぱたりと携帯を閉じ、元のように上着のポケットに突っ込んだ。

「お風呂、いただきました」

タオルを首にかけた下着姿で、眞生は律儀《りちぎ》に会釈《えしゃく》した。

「どーいたしまして」

桂は何事もなかったように、ひょうきんに返した。

メールを盗み見るなどという下劣《げれつ》なまねをしたことは、眞生に知られたくはない。ましてや、メールの画面をつきつけて難詰《なんきつ》するなんて、論外だ。

そもそも気にするほどのことじゃない。あの文面だと、それこそキスもしないようなデートだろう。何といっても相手は眞生だし。

そう自分に言い聞かせても、胸の波立ちは収まらなかった。

眞生はジーンズを穿《は》くと、上半身は裸のまま、上着を取り上げて携帯を抜き出した。画面をチェックし、不慣れな様子でメール返しをしている。

桂はさりげなく声をかけた。全く興味を示さないのも不自然だと思ったのだ。

「何？　緊急のメール？」

「いえ。次の部会についてです」

――「ミーナ」とやらいう女の子には、どう返信したんだろう？

そっちの方が重大だったと、桂は遅まきながら気がついた。

肝心《かんじん》なのは、相手の女の子の気持ちではない。眞生がその娘をどう思っているかだ。なぜそれをチェックしなかったのか。いや、これだけ無防備なら、またチェックができるだろうと、しいて胸を撫《な》で下《お》ろす。

一方で、そんな自分に愛想《あいそ》がつきる思いがした。

桂はこれまで、つきあっている間に浮気されたことも、二股《ふたまた》をかけられたこともない。つまり……嫉妬《しっと》したことがない、ということだ。

嫉妬をぶつけてくるのは、いつも相手のほうだった。

誰からも束縛《そくばく》されたくない。一人の相手に縛《しば》りつけられるなんて真っ平だ。お互いが鼻につくようになってまで、だらだらと関係を続けたくない。

それが桂のポリシーだった。

なのに今は、眞生を束縛しようとジタバタしている。

なんて無様で情けないのだろう。

身支度《みじたく》を整えた眞生は、「じゃ、また」と軽く手を上げた。自分からはキスも求めない。

「忘れもの」と唇に指を当てて見せると、さっと頬を赤らめておずおずと寄ってきた。ちょんと触れるだけのキスを落とし、身を翻《ひるがえ》す。そしてそのまま、階段を駆け下りていってしまった。

——まるで幼稚園児のキスだな。

治療の邪魔になるから抜くんだと言われて、本気にした青年だ。つまり、それだけの情緒《じょうちょ》しか育っていないということだ。

まずいメールを削除する、という発想もないらしい。

それは、その女に特別な感情を持っていないことの証明ともいえるが、桂に知られてはならないという、心の翳《かげ》りもないということだ。

桂の目から傷を隠そうとした、あの芽生えのときから、眞生の恋情はまだほとんど成長していないのではないかと思った。

眞生が浮気していると疑うのも苦しいが、自分に対する恋がその段階にとどまっているのも悔《くや》しい。

桂はかつてない深い溜め息をついた。

それから幾日《いくにち》もたたない、休診日の昼下がり。

桂はまた、難しい顔をして携帯を眺《なが》めていた。

『会えませんか？』

男性向け迷惑メールにありがちな件名だったが、名前はそうではなかった。

「志穂子《しほこ》。しほこ、ね。……ああ、旅行代理店の」

何度もからだを交わした相手だが、さすがに元セフレの数自体が多いから、とっさには思い出せない。

桂は、別れた相手のアドレスは登録から消す。しかし、着信拒否まではしないことにしていた。未練でも怠慢《たいまん》でもなく、これも経験からくる知恵のひとつだ。変に守りを固めるより、相手に小さなはけ口を残しておいてやった方が安全なのだ。

中にはしばらく恨み言《うらごと》のメールをよこす者もいるが、こちらが受け取るだけ受け取って返信しないでいると、だんだん間遠になってくる。

そういうあて先さえなくなると、堰き止《せと》められた情念が妙な方向に噴き出す恐れがある。

桂はしばらくメールの文面を眺めた。

『貴《たか》ちゃん、どうしてますか？　私は今、フリーです。ずっとってわけじゃないから、安心して。私たち、楽しく過ごしましたよね？　もっと思い出が作れないかしら？』

この女とはけっこう長続きした。

というのも、桂と同類の割り切った女で、結婚を迫るようなこともなかったから、はやばやと逃げを打つ必要を感じなかったのだ。

──『今フリー』ということは……ダンナか本命彼氏ができてて、しかも長期出張というところかな。

顔立ちは平凡だったものの、実家が杜氏《とうじ》とかで、酵母《こうぼ》で発酵《はっこう》させたかのような、艶《つや》のいい肌《はだ》と抱き心地のいいからだをした女だった。かなり年上だが、熟《じゅく》しきったからだで積極的に求めてくるのは、悪くなかった。

互いに本命を持ちながら、火遊びの相手を探したりする。

性懲《しょうこ》りのないのは、自分も同じだ。

そう思ったとき感じたのは、欲望ではなく妙な仲間意識だった。

──会ってみたい。

久々に強い気持ちの揺らぎだった。

──大丈夫だ。今度はへまをしない。

桂は自分に言い聞かせるように呟いた。

桃園《ももぞの》スイミングの女とは、なぜあんな危ない橋を渡ってしまったのか。

今なら少しはわかる。

あの純で鈍《にぶ》い青年を、思い切り揺さぶってやりたかったのだ。嫉妬に身を焦《こ》がせば、眞生も恋に目覚めるだろう、と。

いや、それだけではない。自分で自分をどうにもならないところに追い込む、そんな破滅的《はめつてき》なものが、自分の中に渦巻《うずま》いていた。

不思議なことだ。あれほど火遊びから遠いというか、色気のない青年が、自分をそんなふうに混乱させるとは。

桂は「僕も会いたい」と返信した。

何度かメールをやりとりし、場所と日時を指定する。

肉声を聞きたいと願うほどの熱はなかった。向こうもそうなのだろう。

後腐れのない時間つぶしの相手。それでいい。今回は、あの桃園の女のときとは違う。眞生にばれないように、ほんの少し強い刺激を味わうだけだ。

二日後の夜、桂は約束の場所に出かけて行った。

午後九時。夕食をともにするには遅い時間だが、この女のために、わざわざ診療を早く切り上げようとまでは思わなかった。会ってみて気が乗らなければ、お茶だけで済ませてもいい。

深夜まで営業しているカフェで、桂は待っているはずの女を探した。

隅《すみ》のテーブルから視線を感じて歩み寄る。

女は派手な帽子に半《なか》ば顔を隠していた。用心深くなっているところをみると、どうやら今は夫持ちであるらしい。

「一年ぶりかな」

「いいえ。二年」

女は喉の奥で笑った。

「食事は？」

「ダイエットしてるのよ」

コーヒーを飲み、近況を交わすと、もう話すことはなかった。

「どこにする？」

「笹塚《ささづか》バイパスのあたりは相変わらずでしょ？」

それで話はまとまった。眞生の攻略に三ヵ月もかかったのが嘘のようだ。

そのお手軽さは願ったりのはずなのに、桂は妙にささくれた気分になった。

車を走らせて、以前よく使っていたラブホテル街に向かう。

――こっち方面に来るのは久しぶりだな。

そういえば、眞生をそんなところに連れ込むなど考えたこともなかった、と気がついた。歓楽街のけばけばしい灯《あか》りや、趣向を凝《こ》らしたラブホテルが、つくづく似合わない男だ。

そんなことを考えながら、ゆっくりホテル街を流していると、若いカップルがひょいと横丁から出てきた。大学生同士のように見えた。

どきっとした。その男の若い横顔が、眞生と重なったのだ。

ブレーキをかけ、まさかと思いつつ振り返る。

街灯に浮かび上がった男の顔は二十歳過ぎくらいに見えたが、どこかたるんでいて、眞生とは似ても似つかなかった。

眞生のことを「この場所には似合わない」などと考えていたので、見間違えたのだろう。

――そんなはずはなかったな。

苦笑いとともに、ほっと安堵《あんど》の息をつく。

と同時に、初めて自分の身勝手さが実感として心に迫ってきた。

ほかの女と寝ようとしている自分が、眞生の浮気を疑って動転する。こんなバカな話があるだろうか。

自分の情熱をぶつけることをためらっているくせに、相手の恋情の育ちが遅いとあきたりなく思う。それも、同じくらいバカげている。

女は焦《じ》れたように声をかけてきた。

「ね、どうしたの。ここにするの」

桂は唇を噛みしめた。

「悪い。無理」

女はきょとんとしている。

桂は唇を自嘲《じちょう》で歪《ゆが》めた。

「俺、指向性EDになったみたいだ」

なにそれ、と女は笑った。また気の利《き》いた冗談でもしかけているかと思ったのだろう。

桂は投げやりに呟いた。

「ほかの誰かでは勃《た》たない。そういう相手に出会っちまったってこと」

女の顔から笑みが消えた。

「——だから、あたしとはできないって？」

「すまない——」

バシッと顔に当たったのは、女のバッグだった。肩紐《かたひも》を摑《つか》んで思い切り振ったらしい。

「最低！」

そのひと言を残し、女は車を降りていった。

金具が当たったのか、頬骨のあたりがヒリヒリする。

——このくらいで済んでよかったと思わなくちゃな。

桂は頬を撫でて、溜め息をついた。

百五十キロの脚力で、蹴《け》り飛《と》ばされるはめにならなくてよかった。いや、何よりも、眞生の顔に失望で傷ついた表情を見ないで済んだ。二度とごめんだ。「何もかも勘違いでした」と哀《かな》しい顔で告げられるのは。

桂は気を取り直して車を出し、女の駆け去った方向へゆっくり進めた。

山奥に連れてきたわけではないから危険はないだろうが、相手が許せば最寄りの駅に送るくらいはしようと思ったのだ。

だが、脇道にでも入ったのか、女の姿はもう見えなかった。

桂は吐息《といき》をつき、車を月桂樹《げっけいじゅ》に向けた。

近いうちに、眞生とゆっくり過ごす機会を持とう。

かりそめの刺激は要《い》らない。眞生を深く貪《むさぼ》る方がいい。

自分がスキモノなのはどうしようもないが、対象を間違えてはいけない。

今度のことは、最後の迷いだった。自分はもう迷わない。

桂は、迷いを覚まさせてくれた若いカップルに感謝したいくらいだった。

寮の共同風呂から上がって部屋に戻ってくると、もう午後九時を回っていた。

眞生《まき》は今週中に出さなくてはいけないレポートが未完成なのを思い出し、中古のパソコンを立ち上げた。

ドキュメントを開いて書きかけのファイルを探していたとき、ノックの音がした。

応《こた》えてドアを開けた眞生は、内心うんざりした。そこに立っていたのは、碓氷《うすい》だったのだ。

「羽角《はずみ》、ちょっといいか？」

そんなことを思ってはいけないのだろうけれど、このごろは正直うっとうしい。もしかすると、碓氷は自分を心理学の研究材料とでも見ているのかもしれないとも思う。

だが、それを表に出さないだけの自制心は、眞生にもある。もともと愛想《あいそ》のいいタイプではないから、よけいにわかりにくいということもあるだろう。

碓氷は案の定、眞生がそっと漏らした溜め息には気づかず、獲物をくわえた犬のようにいそいそと入り込んだ。

後ろ手にドアを閉め、床に座りもせずに、いきなり言い出した。

「君のカレシ、二股《ふたまた》だか浮気だかしてるぞ」

何を言われているのか、一瞬わからなかった。

桂のことをカレシと言われることに、まだ慣れていない。かといってカノジョでもないのだが。

相手は眞生の反応が鈍《にぶ》いのに、苛立《いらだ》った様子で言葉を継いだ。

「見間違えじゃない。目立つ黄色のカマロだ。この間、寮の前まで来てただろう」

それには気まずくて、顔を伏《ふ》せてしまう。ただの友人ではないと知られている相手に、そんなところを見られていると思うと、いたたまれない。

だが碓氷が言いたいのは、そういうことではなかった。

「あんな車、このあたりで何人も乗ってるわけがない。笹塚界隈《ささづかかいわい》は、『ラブホテル街道』と言われてるんだ。そこに、助手席に女を乗せて行く用事といったら」

『ラブホテル』『助手席に女』という言葉が、ネズミ花火のように頭の中を駆《か》け巡《めぐ》り、パンと弾《はじ》けた。「月桂樹《げっけいじゅ》」の窓の外で聞いた艶《つや》めいた声、上気した顔で横をすり抜けていった女の姿までも、よみがえってくる。

「そんなはずはない」と言下《げんか》に否定できないのが情けない。心の隅で、いつかこんなことになるのではと疑い続けていたことに、今さらながら気づかされた形だった。

眞生は、何だか足に力が入らなくて、その場にすとんと腰を落とした。

そんな眞生の前に、碓氷は几帳面《きちょうめん》に膝を揃《そろ》えて座った。

妙に生き生きしていると見るのは、悪く取りすぎだろうか。

碓氷は、ずい、と身を乗り出してきた。

「君、僕の紹介したコを一度のデートで断ったよね」

眞生は急いで詫《わ》びた。

「そのことは悪かったと……」

相手は苛立《いらだ》たしげに首を振った。

「それはいいんだ。あのコにも、『お試しで』と言ってあったんだから」

そして、目を宙に据《す》えて暗唱するかのように、

「あのとき君は言ったよね。自分が相手にやられて嫌だったことを、相手にはしたくない。二股かけられて辛《つら》い思いをしたからこそ、だって」

それほど筋立ってはいなかったと思うが、口に出したのはだいたいそんなようなことだ。眞生がそう言ってこれ以上の「紹介」を断ったとき、碓氷は感動の面持《おもも》ちでしきりに首を振ったものだ。

どうも碓氷は、自分をよほど高潔《こうけつ》な男と思っているらしい。あるいは、守ってやらねばならない純朴《じゅんぼく》な子供と。

碓氷は義憤《ぎふん》にかられた調子でさらに言《い》い募《つの》った。

「でも、相手は平気でまたやってるんだぜ。懲《こ》りてなんかいないんだ。君を大切に思うんだったら、どうしてこんなことができる？　君を傷つけて平気でいられる？　そりゃ、体の傷は治してくれたかもしれないけど、心はズタズタに」

こんなとき、知り合い程度の男から正論など聞きたくなかった。心理学専攻のくせに、真実を突きつけられると人はかえって心を閉ざしたくなるということもわからない、こんな男に。

桂のことは、どんなに苦しくても自分で解決すべき問題だ。心理学の資料にされてたまるものか。

眞生は低く遮《さえぎ》った。

「俺のプライベートですから」

碓氷は、眞生の静かな怒りに気づかないのか、いっそう熱をこめた。

「君、まるで『都合のいい女』みたいに扱《あつか》われて、悔《くや》しくないのか。俺は悔しいよ。君みたいな真面目《まじめ》でまっとうな人が、ダメ男に溺《おぼ》れてるのは見たくない」

眞生はひとつ深呼吸して呼びかけた。

「碓氷さん」

「先輩」ではなく名前を呼ばれたことで、やっと碓氷は口をつぐんだ。

「心配してくれるんはありがたいです。でもこれは、俺と……あの人とのことで、当事者にしかわからないことって、あるでしょう。学生としての悩みは、友達や先輩に聞いてもらって解決するかもしれんけど、人を好きになるって、本当にどうにもならんことやから」

碓氷はさすがに鼻白《はなじろ》んだようだった。それでも精一杯、鷹揚《おうよう》な態度を示す。

「困ったことがあったら、いつでも言ってくれよ？」

「はい。ありがとうございます」

丁重《ていちょう》に頭を下げて送り出す。

胸の中では、碓氷に対する苛立ちがふつふつと滾《たぎ》っていた。

本当は言いたかったのだ。「あんたに心配してほしくない」と。

自分のことを誰よりも親身に心配してくれたのは、桂だ。そして自分を最も理解していてくれるのも、桂だ。

そして桂は、ほかの誰にもできないやり方で自分を苦しめる……。

ここまで桂は、自分にとって特別なものになってしまった。なのに相手にとって、自分はそれほど特別な存在ではないと思い知るのは、たとえようもなく辛いことだった。

眞生はベッドに突っ伏して、声もなく身を揉《も》んだ。


水泳部では、八月の関東学生選手権、そしてその後のインカレに向けて、本格的な練習が始まっていた。

前回の記録会での泳ぎっぷりを見てか、周囲ももう眞生《まき》に対して、腫《は》れ物《もの》に触るような扱《あつか》いはしなくなった。人一倍厳《きび》しいメニューにも、ストップがかかることはない。

朝、講義の始まる前に二時間ほど、そして講義の後でやはり二時間ほどの練習。

とっている講義の多い一、二年生は、どうしても練習時間が不足する。だから、学食で軽い夕食をとって、自主的に夜九時ごろまで続ける者もいる。

眞生は三年だが、この自主練にもほとんど毎日参加していた。

きついとは思わなかった。高校で国体をめざしていたころと同じくらいの練習量だ。

まだこの時期に、そこまでの練習は必要ないのかもしれないが、眞生は自分に納得のいく練習がしたかった。この間の記録会にしても、順位は悪くなかったが、自己ベスト更新《こうしん》には遠かった。

自分が自分自身の最大のライバルでありたい。そういう高い矜持《きょうじ》が、元国体選手の眞生にはある。

ぶっつづけに五時間も泳ぐとさすがにへとへとで、寮の自室に転げ込むなり、ベッドにたどりつかずに爆睡《ばくすい》ということもあった。

そんなきつい毎日に、不満はなかった。水流に逆らっただけで激痛が走り、声にならない叫びをあげてのたうったあの日々を思えば、くたくたになるまで泳げる今は幸せだ。

傷の回復は完璧《かんぺき》と言ってよかった。医師の言ったとおりだ。そこに腫瘍《しゅよう》があったことさえ、ともすれば忘れてしまう。

傷跡もほとんど目立たない。長く水中にいて白くふやけたときにだけ、薄紅《うすあか》い線が浮かびあがるくらいだ。

だが一点、気になることはあった。

その日、眞生は百メートル十本を終え、プールサイドにざっと体を引き上げた。

刹那《せつな》、顔が歪《ゆが》む。

「つ……っ」

コーチが目ざとく気づいて、すっ飛んできた。プールサイドに膝をつき、眞生の足と顔を交互に見やる。

「どうした？　まさかまた故障……」

「あ、攣《つ》っただけです」

反射的にそう答えたが、そんな突発的なものではなかった。

このごろ時々こうなる。腫瘍があった方ではなく、何でもなかった方の、ふくらはぎからアキレス腱《けん》にかけて、キリキリと痛みが走るのだ。

触れてみると、硬くこわばっているのがわかる。肉離れとまではいかないが、慢性的な筋肉の疲労からきている凝《こ》りだろう。

——手術した足を、無意識にかばってしまう癖《くせ》がついたか。

眞生は唇を噛んだ。

ある方向に特化して鍛《きた》えられた体は、絶妙のバランスの上に高い能力を発揮《はっき》する。腫瘍のあった右足をかばっていたぶん、左足にずっと負担がかかっていて、その歪みが今だんだんと出てきたのではないか。

眞生は隅《すみ》のベンチに腰を下ろして、自分でマッサージしてみた。どうももどかしい。どこかにあるはずのツボに、当たっていないという気がした。

こういうときに頼れるのは、やはり桂《かつら》だ。

だが桂とは、ここしばらく会っていない。

会えば、不信を剝《む》き出《だ》しにして食ってかかってしまいそうだった。けれど、かつて浮気現場を押さえたときと、同じ轍《てつ》は踏みたくなかった。

自分は直情径行《ちょくじょうけいこう》といえば聞こえはいいが、あまりにも恋愛沙汰の場数を踏んでいない。恋の駆け引きなど無理な相談だ。

桂にまた嘘をつかれたら、あるいは開き直られたらと思うと、眞生は臆病《おくびょう》になってしまう。そのとき自分がどういう行動に出るか、自分でもわからない。何もかもぶち壊すようなことをしてしまうかもしれない。

そう考えたとき、壊してしまいたくないという自分の本音に気づいた。自分は、桂を嫌いになりたくない。失いたくないのだ、と。

となれば、今は距離を置くしかないではないか。

しかし、恋人としての桂を信じられなくても、治療者としての桂には、眞生は全幅《ぜんぷく》の信頼を置いていた。

もう午後八時を回っている。治療院は閉めているはずだ。

いきなり訪ねて行くのは怖かった。見たくないものを見てしまうのは、二度とごめんだ。はっきりと自分の気持ちを知っている今の方が、きっとダメージは大きいだろう。

眞生は携帯を開いて登録ボタンを押した。

呼び出し音は短かった。

『眞生？　どうしたの、このごろ会えないんで心配してたんだよ』

「ええと、ちょっと足の調子が変で」

声が不自然でなかったかと気にかかる。

だが桂は、間髪《かんはつ》入れず返してきた。

『すぐおいで。いや、痛むのなら迎えに行くよ』

その声には、何のやましさもない。碓氷《うすい》は人違いをしたのではないか。そう思いたくなった。それでも、あの目立つ車で迎えに来てほしくなかった。碓氷がラブホテル街で目撃したという、その車に乗ることに、妙な抵抗がある。

「いや、いいです。友達に送ってもらいます」

桂がまだ何か言いたそうなのを、気づかぬふりで通話を切った。

帰り支度《じたく》をしていた部長にわけを話すと、気安く送りを引き受けてくれた。

「あ、いいよ。遠回りになるわけじゃなし」

その言葉に甘えて、学生用の駐車場について行く。

部長の車には、もう何度か乗せてもらっている。

かなり使い込んだ軽自動車で、「十年前のニューモデル」というやつだ。大ざっぱな性格のわりに綺麗好きなのか、手入れがいい。

「すいません。部長もお疲れなのに」

恐縮《きょうしゅく》しながら車に乗り込み、ベルトを斜《なな》めにかけて車の中を見回していると、

「卒業のとき、コレ譲《ゆず》ってやろうか」

えっと顔を振り向ける。磊落《らいらく》な笑顔がうなずいた。

「じつは俺も、これ、一昨年卒業した先輩から十万円で譲ってもらったんだ。だけど、そっからまた使い倒したもんな。もうタダでいいよ」

自分が車を持つ、ということは考えていなかった。戸惑《とまど》って目を瞬《しばたた》く。

免許なら次のオフに取りに行けばいい、とつけ加えて、部長は車を出した。

「月桂樹《げっけいじゅ》」に着いてみると、玄関には灯《あか》りがついていた。

「へえ。ここって、ずいぶん遅くまでやってるんだな」

部長は感心したように言う。

「ええまあ」と口を濁《にご》して、眞生は車から降りた。自分のためだけに開けておいてくれたのだと言うのも憚《はばか》られた。

運転席に向かって頭を下げる眞生に、部長はちょっと手を上げて応《こた》えた。

走り去る車を見送って、眞生は玄関に向き直った。

ドアをそっと開ける。例のカウベルが、コロンと遠慮深《えんりょぶか》い音をたてた。

待合室で出迎えた桂は、白衣こそ着ていないが、もう治療者の空気をまとっている。

「早かったね」

そして何が気になったのか、遠ざかる車の排気音に耳を澄ませた。

「で……今の車は、水泳部の？」

探るように問い掛けられた。

「ええ。部長の。なんか代々受け継がれてるみたいで。次は俺に譲ってくれるとか」

ふうん、と桂は気のない返事だった。

この笑わない拗《す》ねた目を、いつか見たな、と思った。自分があえて距離を置いていることを、桂は勘《かん》づいているのかもしれない。

桂は先に立って、施術室《せじゅつしつ》の方に入った。眞生もついていく。

ここに入るのは久しぶりだった。この幅《はば》の狭《せま》いベッドで、黒いベルトに拘束《こうそく》され、さんざんに貫《つらぬ》かれ喘《あえ》がされたことを思うと、ぞくりと背筋を這《は》い上《あ》がるものがある。

むろん、あれから後は、ここでからだを合わせたことはない。あんな非道な目に遭《あ》わされてもいない。だが、何食わぬ顔をして自分を裏切っているかもしれない男への不信感とともに、その記憶がフラッシュバックしたのだ。

「どれ。攣ったのとは違うんだね？」

眞生は促《うなが》されて施術台に腰を下ろし、ゆったりした綿パンの裾《すそ》を捲《めく》って、膝から下を剝《む》き出《だ》しにした。

桂は床に片膝をつき、台から自然に下ろしたふくらはぎを両手に挟《はさ》み、ゆっくりと上下させた。

ふと首をかしげ、

「横になってみて。何かちょっと……」

不安になりながら、眞生は言われるまま台に横たわり、足を伸ばした。

桂は今度は脛《すね》の方から指を滑《すべ》らせ、ときどき圧をかけてくる。

「あ、そこ……っ」

眞生は思わず大きな声を上げた。

自分では見つけられなかったツボに当たったらしい。びくんと背が跳ねるほどの衝撃《しょうげき》を感じたのだ。

「ああ、これは。バランスを崩《くず》してるんだね。大丈夫、じっくりほぐしてやれば、こわばりはとれるよ」

自分のカンは正しかった、と思った。やはり右足をかばったことで歪《ゆが》みが出ていたのだ。触れただけでそれがわかる桂は、さすがだとも思った。

眞生は安堵《あんど》の溜め息をつき、施術者のたくみな手に、その身をゆだねた。

ときどきずくんと走る痛みは、歪みが矯《た》められる副作用らしく、むしろ快感だった。だがその快感に、眞生は素直に浸《ひた》ることができなかった。

体がありがたいと思い、心地よいと思うことを、心が頑《かたく》なに拒《こば》む。不実を疑っている相手に触れられているということを、忘れさせてはくれないのだ。

「今、よっぽど忙しいんだ？」

強弱をつけて揉《も》みほぐしながら、桂は何気ない様子で訊《き》いてきた。

眞生は、あらかじめ用意してきた言いわけを持ち出した。

「はあ。毎晩遅くまで練習してて。今年こそ、インカレで結果を出したいし……」

「それだけ？」

えっ、と頭を持ち上げる。

「この筋のこわばりは、原因がわかるんだよ。だけど、君のからだの妙な緊張は何なの」

優しい口調だが、刺すような鋭さがあった。

眞生は固まった。

この人の「神の指」は、自分の心のしこりにまで届いているのか。ならばなぜ、このやりきれない苦しみに気づいてはくれないのか……。

何も言えないでいると、桂は手を止めて覗《のぞ》き込《こ》んできた。

眞生は思わず身を起こす。

「僕を避けてるよね。それって、もしかして」

二人は同時にごくんと唾《つば》を呑《の》んだ。

「「ほかに誰か」」

ぎょっとして、互いを見つめる。

「……どういうことなのかな」

先に言葉を継いだのは、桂だった。

「僕が訊きたいことを、なんで君が」

眞生もまた、「どういうことですか」と問い返した。感情に駆られて問い詰めることはすまいと思っていたのに、もう止まらなかった。

「ほかにいるって、桂さんの方でしょう？　見た人がいるんです。女の人を黄色い車に乗せて……ラブホテルに入ったって」

桂はわずかに目を見開いたが、すぐ弾《はじ》き返《かえ》してきた。

「入ってない」

たしかに、碓氷は「ホテルに入った」とは言わなかった。

そう納得しようとして、眞生は胸をどきつかせた。草むらで蛇《へび》を見つけたときのような嫌な動悸《どうき》だ。

「って、『ラブホテル街道』に行ったことは認めるんだ……」

桂は無表情に繰り返した。

「だから言っただろう。入ってはいない」

しばらく眞生は、きつい目で桂の白々しく落ち着き払った顔を見つめた。

臆面《おくめん》もない詭弁《きべん》で自分を丸め込もうとしないだけ、桂はまともになったのか。それとも、戦略を転換しただけで、桂自身は少しも変わっていないのか。

ただ、否定する桂の表情が硬いことに、かえって眞生は希望を抱《いだ》いた。自然な芝居ができなくなっているのではないか。ならば、今日こそ真実を知りたかった。そうでなければ、二度と桂を信じることはできない。

「桂さんは、前科、ありますよね」

相手がはっと目を見開くのを確かめて、

「俺とつきあってたのに、桃園《ももぞの》クラブの保護者と……」

旧悪を突かれて、桂はうろたえた。

「あ、あれは気の迷いだ。君となかなかできなくて溜まって、いや、そうじゃなくて」

やはり、うまく取り繕《とつくろ》えないらしい。

眞生はここぞとばかりに追及した。自分自身も傷つくことを、もう恐れなかった。

「今度も溜まってたんですか。俺じゃつまらないから？　思うようにできないから？」

桂は一瞬言葉に詰まった。うろうろと視線をさまよわせる。

眞生は桂の真意を探ろうと、いっそう目力《めぢから》をこめた。

しばし睨《にら》みあう。眞生は一歩も退《ひ》かない。賭《か》けているものがあるからだ。

「そうじゃない」

桂はふーっと長く息を吐《は》き、ほどいた茶髪をぐいと後ろに掻《か》きやった。

「君にカノジョができたと思って、ちょっとね。ぐらついたんだよ」

「……は？」

「女の子とデートしただろう」

とっさに何のことかわからないほど、自覚がなかった。ようやく思い当たり、今度は眞生が守勢に回る。

「なんでそれを」

「蛇《じゃ》の道は蛇《へび》」

桂はさらっと切り捨て、しゃあしゃあと言い出した。

「僕はそのことで君を責める気はないよ。それを君からは、未遂《みすい》の浮気まで責められちゃ……いや、途中までと言う意味の未遂じゃない。着手もしない未遂だよ？　それに、君を思えばこそ、僕は引き返したんじゃないか」

その論法は、あの桃園マダムとの密会の現場でも聞いた。正直に認めるだけ見込みがあるなど考えたのが愚《おろ》かだった。

眞生は真っ青になっていた。

この人は、やはり何も変わっていない、と思った。またもや軽い芝居でごまかそうとしている。

必死で眞生にすがりついたのも、ただ欲しいものを我慢したくなかっただけではないのか。それを真情の表れだと捉《とら》えて、心を解《ほど》いたことを思うと、怒りを通り越して絶望感がこみ上げてくる。

握《にぎ》り締《し》めた拳《こぶし》がぶるぶると震える。何度か口を開きかけては閉じ、ようやくはーっと深い息を吐いた。

「もういいです。あんたに貞操観念なんて、最初から期待してないし」

腹に力を入れないと、声が震えてしまいそうだ。感情的になることだけはしたくなかった。

それは、桂にではなく自分に負けることだ。

そして眞生は、思ってもみなかったひと言をつけ加えてしまった。

「だからそれを、俺にも期待せんでください」

桂はぎょっとしたように目を見開いた。おかしいほどうろたえて、何度も唾を呑み込む。

「ということは、君……？」

その問いが何を意味しているかを悟ったとき、眞生の抑制は決壊した。

「やってません！」

眞生は両の拳を目に当てて叫んだ。

「そうでも思わなきゃ、あんたとはやっていけんから！」

桂は露骨《ろこつ》にほっとしたようだった。

「そう。そうだよね。君はそんな……」

眞生はきっと顔を上げた。

「桂さんは俺を信じると？」

桂はぱちぱちと目を瞬《しばた》いた。

「君は嘘をつくような人じゃない。女の子のことは……もっと早く、直球で訊いてみればよかったんだ、うん」

信じられて嬉しいなどとは思えない。自分がまだこの男に未練があると、気づかされてしまった。「そうでも思わないとやっていけない」。とっさの叫びに、「何とかしてやっていきたい」という切望がにじんでいる。きっと桂にも見透かされてしまっただろう。

眞生は自嘲《じちょう》混じりに唇を歪めた。

「桂さんはいいですよね。俺を信じられて」

ひと呼吸おいて、一気に吐き出す。

「俺は信じられない。俺だって、信じたいんです。ほんのちょっとだって、あんたのこと、疑いとうない。信じたいのに、あんたが信じさせてくれんのやないか！」

最後は、自分の声とは思えない割れた声だった。感情を抑えるなど、初めから無理な相談だった。これほど感情的な場面などありえない。

息が切れて、眞生は海女《あま》のようにひゅうっと喉を鳴らした。

「……信じさせてください」

その言葉が自分の本音だと、眞生は今こそ痛感していた。

あの優しさが、自分をたらし込むための嘘だったなどと思いたくないのだ。

ひくっと喉が鳴って、自分が泣いているとわかった。

桂は黙然と立ちすくんでいた。ややあって、ようやく言葉を絞《しぼ》り出《だ》す。

「どうすればいい」

どうと言われても、それは眞生にもわからなかった。

ほかに目を移さないといくら言葉で誓《ちか》ってくれても、桂のこれまでの素行《そこう》がそれを裏切る。

治療者として触れる手は、誠実で清浄《せいじょう》だ。

だが情と欲とで触れてくる手は、いったいどれだけの女、または男のからだを犯したのか。

それを思うとたまらない……。

眞生は拳でぐいと目を擦《こす》った。この男の前で泣くのは、本当にこれで終わりにしたかった。

「すいません。俺、もう」

そのとき桂が動いた。すっと床に膝を落とす。

「僕はここで、君に最低なことをした」

その姿勢で、ひたと見上げてくる。

「あれは、君の信頼を踏みにじる最低の行為だった。せめて、それを償《つぐな》わせてくれ」

きっぱり言い切ると、桂は立ち上がり、くるりと背を向けた。施術台の横のキャビネットから何かを取り出す。

眞生はぞっと総毛《そうけ》だった。桂の手にあるのは、あのときの黒いテープだ。「償い」などと言っておいて、桂はまた、自分を拘束《こうそく》して言うことをきかせようとでもいうのだろうか。

思わず後ずさりする眞生の目前で、桂はそのテープを、自分の手首に巻きつけた。

いや、手首だけではない。二重三重に回し、合わせた手のひら全体を、テープで巻こうとしている。

だが当然ながら、片手では思うように縛《しば》れないようだった。

呆然《ぼうぜん》としている眞生に、桂は腕を差し出した。

「そっちを引っ張ってくれ」

「は……？」

「僕を縛れ、と言ってるんだ」

わけがわからないまま、眞生はマジックテープの端を掴《つか》んだ。

「こ、こう?」

「もっときつく」

拝むように前で合わせた両の手に、眞生はきりきりとテープを巻きつけた。最後は、端を中に折り込むようにして留める。

「……それでいい」

桂は自ら施術台に腰を下ろした。

そしてそのまま、眞生に目を据《す》えてくる。その眼差《まなざ》しは、すでにある種の熱を帯びていた。

ふと気が付くと、桂の前が硬く膨《ふく》らんで布を押し上げている。

桂はそれに目を落とし、こう宣言した。

「僕は指一本コレにふれない。君のからだにもだ。……さわれない、と言った方がいいか」

さらに、投げ出すように言った。

「ただ君を想うだけで、こうなってるんだ。君だけだ、僕をこんなふうにするのは。これをどうにかしてくれるならしてくれ。したくなければ何もするな。君次第だ」

それだけ言うと、桂は口を噤《つぐ》み、ただひたむきに見つめてきた。

その貪婪《どんらん》な眼差しに、裸にされているような気がする。眞生の衣類を剝《は》ぎ取《と》らずとも、桂の目には、眞生のすべてが見えているのだと思った。

「桂さん……」

眞生はただ、立ち尽くしていた。

どれほどたったろうか。桂の額に脂汗《あぶらあせ》が浮いてきた。

時とともにいっそう硬度を増すそれを、自分ではどうにもできないのだ。

「う……うっ」

低く呻《うめ》いて、身をよじる。その動きにつれて、伸縮《しんしゅく》しない堅《かた》い布地に擦《こす》られるのか、桂は眉根《まゆね》をひきつらせた。

眞生は、せめて楽にしてやろうと彼に近づき、ズボンの前を開けた。ボクサーブリーフのゴムを下に引く。

中心にそそりたつものは、つかのまの解放を得て、ふるふると揺れた。そして、小さな口からは、透明な雫《しずく》が盛り上がってはとろりとこぼれる。

眞生は目をそらした。

他の男のそういう状態を見ることが不快だったのではない。同じ男だからこそ、この状態で留め置かれることがどれだけ辛《つら》いかわかるからだ。

そらした目は、自然に桂の顔にさまよっていった。

華《はな》やかな美貌《びぼう》が苦痛に歪み、つややかな小麦色の肌《はだ》は、刻々とその色をくすませていく。

この男は、自らを拷問《ごうもん》にかけているようなものなのだ。

「……ま、き……っ」

桂はいやいやをするように首を振った。

「赦《ゆる》してくれ。信じてくれ、眞生。僕はけっして、二度と君を」

下腹が震え、言葉が途切れた。

眞生はもう、見ていられなかった。

桂の前に膝をつき、おそるおそるその猛《たけ》りに手を添える。いつもされているように、きゅっと握りこむ。緩《ゆる》める。

「あ、あ……っ」

桂はぶるっと身震いした。

自分でするときとは、勝手が違う。中坊のときの擦りっこは、なにしろ子供だったから、どこをどう弄《いじ》ったかわからないうちに放出していた。

不器用な眞生の手の下で、桂の雄《オス》は、涙を流してでもいるようにとめどなく、透《す》き通《とお》った雫をこぼした。

眞生は思い切って、その昂《たか》ぶりを口に含んだ。

大きくて苦しくて、喉に当たると目じりに涙がにじんだ。

「あ……眞生っ……」

見上げると、桂も涙ぐんでいた。

口の中に苦いものが広がる。それを不快だとは思わなかった。

桂を解放してやりたい。眞生の力で桂を絶頂に導いてやりたい。そうすることで、自分はこの奔放《ほんぽう》な男を鎖《くさり》に繋《つな》ぐことができるかもしれない。

眞生は懸命に舌を這《は》わせ、吸い上げた。だが、なかなか絶頂は訪れてこなかった。

どうも自分は極端にこれが下手《へた》らしい。しかたがない、初めてされたのもついこの間のことだ。上手《うま》くできるはずがない。

眞生はこれまで桂が自分にしてくれたことを、必死に再現しようとした。

突然、ぐいっと頭が押さえられた。

「う……？」

桂の手首はきつく括《くく》られたままだ。そうして縛られることでできた腕の輪に、桂は眞生の頭を抱き込み、自分の下腹に押しつけ、揺さぶっているのだった。

苦しい。けれど、ありがたくもある。そうされると、桂の雄が頬の内側に強く擦られて、みるみる膨れあがるのがわかった。

「もっと、喉を使って……っ」

眞生は言われるまま、何か叫ぼうとするときのように、大きく喉を開いた。

次の瞬間、生ぬるい滴《したた》りが、喉の奥に叩きつけられた。

けほっとむせて、床に咳《せ》き込《こ》む。半透明の白濁が数滴落ちて、リノリウムに小さな水たまり

を作った。

眞生は唇を擦り、肩で息をしている桂を睨みつけた。

「そっちからは手を出さんと言ったくせに」

桂は弱々しく笑った。

「言っただろう、『習い性《しょう》』だ」

「あんたは、まだ、そんなことを！」

つい気色《けしき》ばんでしまう。

すると桂は、気弱な微笑を浮かべたまま、ぽつんと呟いた。

「怖いな」

それから、ひどく真面目《まじめ》な顔で言い出した。

「僕は君が怖かったよ」

「え」

眞生はいったん伸ばしていた腰をかがめ、桂と目の高さを合わせた。

桂は抑揚《よくよう》のない声で続けた。

「君に嫌われるのが怖かった。君にがっかりされるのが怖かった。君を怖がらせるのが……何より怖かった」

「俺、怖がったりなんか」

言いかけて、眞生は目を伏せた。

やはり桂は、わかってくれていたのだ、と思った。いくたびも抱き合ったのに、最後まではしなかった。おそらくは一番したいことを我慢してくれた。

それは、さっきの状態ほどではないが、けっこう生殺しだったのではないだろうか。

桂はおずおずと手首を差し出してきた。

「これで赦してくれるのなら……僕を信じてくれるのなら、自由にしてくれ」

眞生はテープの端を爪《つめ》で持ち上げ、べりりと剝ぎ取った。

桂は自由になった手を擦り合わせた。

「あ。痒《かゆ》い」

眞生にも覚えのある感覚だった。

それで、「償う」という意味がわかった。桂は眞生にしたことを、少しでも我が身に受けようとしたのだ。

桂はまだ手首を擦りながら、途切れた誓《ちか》いを続けた。

「僕は二度と君を裏切らない。未遂もなしだ。もしちょっとでも疑わしいことがあったら、今みたいに縛られて、腹にドルフィンキックをくらっても文句は言わない」

眞生は心にもない憎《にく》まれ口《ぐち》を叩いた。

「そういうことを言うから信用できんのです。……手を縛るより、口にガムテの方がよかったかも」

「それじゃキスができない」

桂がそう言ったときには、もう引き寄せられて唇をふさがれていた。

巧妙《こうみょう》な舌の動きに蕩《とろ》かされそうになりながら、眞生は抗《あらが》った。

「ん……だめ、きたな……」

引き剝がして唇を拭《ぬぐ》う。

「汚《きたな》いもんか。僕を可愛《かわい》がってくれた口じゃないか」

顎を摑まれて、強引に唇を開かされる。汚いと思っていないのは、執拗《しつよう》な舌の動きでよくわかった。

眞生は諦めて、舌を絡め取られるに任せた。

頭の芯がじいんと痺《しび》れ、鼓動《こどう》はしだいに速くなる。

かくりと膝が崩れそうになったとき、桂が切羽《せっぱ》詰まった声で囁《ささや》いた。

「上に行こう」

眞生に異論はなかった。施術台では、二度とごめんだ。

部屋に入るなり、桂は眞生を抱《かか》えこんでベッドにダイブした。いっときも待てないというように、眞生のシャツを剝がし、綿パンを引き下ろす。

眞生も負けてはいなかった。桂と絡み合いながら、相手の肩からシャツを引っぺがし、足も使ってズボンを落とした。

からだを重ねるのは初めてではない。なのに、これほど相手の体温を近く感じたことはないような気がした。

「桂さん……」

全身で密着したくて、眞生は手も足も相手に絡めた。

この人には、何もかも預けることができる。どんな無防備な姿もさらすことができる。互いを想い合う気持ちがあれば、怖いものなど何もない。

桂もまた、すべてを知ろうとするように、眞生のからだにくまなく手を這《は》わせ、唇で吸った。

いつしか愛撫《あいぶ》は、互いのもっとも隠微《いんび》な部分へと集中してくる。

さっき眞生の口中で果てた桂自身は、再び雄々《おお》しく天を衝《つ》いていた。眞生のものと擦れあって、互いの雫をまとっている。溢《あふ》れた雫はそれぞれの竿《さお》をつたって、じっとりと草むらを濡らした。

尻の割れ目に手を滑らせながら、桂は眞生の目を捉えた。

唇の形だけで「いい？」と言ったようだった。

こく、と息を呑み、目を伏せる。

「下ならいろいろあるんだが……」

桂は呟きながら、ベッドサイドの小抽斗《こひきだし》を漁《あさ》る。小さなボトルを摑みだし、確かめるようにちゃぷ、と揺らす。

「もっと粘《ねば》っこい方が痛くないんだけどな」

「痛くても、いいです」

眞生は熱に浮かされたように訴《うった》えた。

「俺、痛みには、慣れてます」

桂は一瞬、自分の方が痛みに耐えるかのような表情を浮かべた。

「眞生……」

いとしそうに頭を撫でてくる。

子供扱いされているようで、眞生は唇を尖《とが》らせ、頭を振って払った。

桂はボトルから、かなりの量の液体を手のひらにあけた。

「あ……そんなに？」

「まだ、固いから」

三本の指でたっぷりとすくい、抱えた腰の奥に注ぐように塗《ぬ》り込《こ》める。

さらにぬめりをまとわされた指が、露《つゆ》を含んだ窄《すぼ》まりに難なく侵入してくる。

「く……う…」

「気持ち悪い？」

そう訊きながらも、桂は指を増やしてきた。

「ん……っ、なんか、変」

眞生は未知の感覚を探ろうと、むずっと腰を動かした。桂もそれに合わせるように、中で指を揺らめかせる。

桂の指を呑み込んだ場所と、その少し奥。近いようで同じではない二つの箇所に、同時に火がついた。

「や……ああっ……んっ」

自分のものとは思えない甘い声が出た。

桂も驚いたように手を止めた。

がくがくとからだが揺れる。

怖いからでも寒いからでもない。いのちのほとばしる道が新しく穿《うが》たれたような感があった。

指が抜かれても、一度ついた火は消えなかった。その道を、桂は迷わず進んできた。

「んっ……！」

濡れてずくずくになった部分は、予想外にらくらくと、桂を受け入れた。

だが、口に含んでさえ苦しい大きさが隘路《あいろ》を擦るたびに、濡れた音と眞生の喘《あえ》ぎが大きくなる。

「ひっ……あ、あっ……」

そのとき、腿《もも》の内側のやわらかいところ、いつもは桂を挟《はさ》んでいるその部分が、瘧《おこり》にかかったように激しく震えた。

「あ、いやだ、止《や》め……!」

悲鳴のような声を上げ、眞生は桂にしがみついた。

震え続ける腿を自分の脇に抱えるようにして、桂は深々とえぐり、動きを止めた。

眞生はくたりと全身を投げ出した。

どれくらいいたったろうか。

体のあちこちを押されている。指圧にしては、圧が弱い。愛撫にしては妙に規則的だ。

眞生はうっすらと目を開けた。

そこには、自分の左肩のあたりを、真剣な顔でさすっている桂がいた。

「何して……?」

桂はちらりと目を上げた。

「鬱血《うっけつ》を散らしてる」

「え?」

眞生は首を捻《ひね》って自分の肩口を見やった。

なるほど、桂の指の下に、薄赤い痣《あざ》がある。さらに目をさまよわせると、からだの至るところに大小さまざまな痣が散っている。

桂は難しい顔をしていた。眉《まゆ》の間には神経質な皺《しわ》を刻んでいる。

「水着で隠せないところには、キスマークを残さないように、ずっと用心してたのに。なんてこった……」

そうひとりごちて嘆息《たんそく》する。

その桂のからだにも、たくさんの虫食い痕《あと》のようなものがあった。歯型らしきものもあるようだ。

あれは自分がつけたのだろうか。覚えがない。

桂は肩から脇腹の方へと指を移動させた。

「ひあっ」

眞生は首をすくめ、身をよじった。

「そこ、くすぐった……もういい。いいって。別に、そのままでも」

「明日も水着になるんだろう。人目につくよ」

桂は頑固に言い張った。

「大きい鍼《はり》を、打ってもらったと、言うから」

眞生はくすぐったさを堪《こら》えながら、思いつきを口走った。

「すごく効くのを……」

桂は切れ長の目を凄艶《せいえん》に細めた。小麦色の頬が、いっそう濃い色に染まる。

「君はやっぱり怖いな」

そう言うなり、桂はせっかく痣を散らした肩口に吸い付いてきた。

何が桂に二度目の火をつけたのか、眞生にはわからなかった。


桂《かつら》は夢中で眞生《まき》のからだをまさぐり、いたるところに唇を這《は》わせた。人目につくところにしるしを残してはいけないという気遣《きづか》いも、完全に吹っ飛んでしまっていた。

そうするうち、欲望は再び脈打ち、硬く勃《た》ち上《あ》がってくる。桂はその筒先で、腫《は》れぼったい蕾《つぼみ》を浅くくえぐった。

「……っ」

眞生はびくっと身を縮《ちぢ》めた。その苦しげに引《ひ》き攣《つ》った眉《まゆ》を見たとき、桂は自分の欲深さを恥じた。

無理やり抱いた夜以来、初めて、相手と深く繋《つな》がることができた。たしかな赦《ゆる》しを、眞生から得られた。今夜はもう、それでじゅうぶんではないか。

「ごめん。続けてだと、きついよね」

桂は燃え立つ欲望を抑えて、身を退こうとした。

だが、眞生がそうさせなかった。桂の首にとりすがり、額を肩口に押し付けてきたのだ。熱い息が桂の胸に吹きかかる。

「ええけ、もっと……っ」

眞生は顔を上げないまま、泣くような声でねだった。恥ずかしいことを言っていると、自分でもわかっているらしい。

桂はもう、自分を抑えることができなかった。痛いほどに張り詰めたものを、ゆっくりと眞生の中に沈《しず》める。

熱い。きつい。

一度貫かれて熟《な》れているはずなのに、窮屈《きゅうくつ》な感じがした。どうにかすべてを収めたものの、根元にたがを嵌《は》められたように、肉の輪に締め上げられている。そのうえ、眞生の強靭《きょうじん》な足に腰をがっちりと挟《はさ》まれて、思うように動けない。

「眞生、悪い、ちょっと緩《ゆる》めて」

眞生はぼうっとした目で見返してきた。締め付けている自覚はないのだろう。

桂は、自分の下腹に当たっている眞生の雄《オス》に手を伸ばした。それも、すでに猛《たけ》り立《た》っていた。くちゅくちゅと扱《しご》きたててやると、眞生は、桂の腰に絡めていた足を宙に突っ張った。

「う…うっ……ん！」

もう暴発寸前だったらしい。眞生はあっという間に吐精《とせい》した。はあっ、と大きな息をついて脱力する。

後ろが弛緩《しかん》した隙をついて、桂は激しく抜き差しした。

「ひっ」

眞生は溺《おぼ》れかけているかのように、再び桂にしがみついてきた。ベッドがきしむ音に混じって、眞生の喉から高い嬌声《きょうせい》が漏れる。

「あ、あ、も、やあ…っ……」

反《そ》り返《かえ》る滑《なめ》らかな背中をひしと抱きしめて、桂は最奥《さいおう》に放った。

荒い息遣いが静まるのは、眞生の方が早かった。さすがに心肺機能が高い。桂は妙なところで感心してしまった。

眞生はもぞもぞと身じろぎし、桂の腕の中から少し伸び上がった。

――シンデレラの魔法が解ける時間か。

桂はそっと溜め息をついた。

例によって眞生は、寮の門限までに帰ろうというのだろう。まったく、融通《ゆうずう》が利《き》かないというか朴念仁《ぼくねんじん》というか。

しかし、そんな眞生を好きになったのだから、しかたがない。せっかく身も心も溶け合って、満ち足りた気分なのだ。ここで引き止めて、眞生を困らせたくないと思った。

眞生は腹這いの姿勢で手を伸ばした。脱ぎ散らしたシャツを引き寄せて、まさぐっている。

戻ってきた彼の手の中には、携帯電話があった。桂はふと眉をひそめた。

——おいおい、それはさすがにマナー違反だぞ。

電話をかけるのにもたついているところを見ると、相手の番号を短縮には入れていないらしい。

呼び出し音が何度か鳴るくらいの時間があって、相手が出た気配がした。桂は思わず聞き耳を立てた。

眞生はいくらか掠《かす》れた声で呼びかけた。

「あ、碓氷《うすい》先輩？」

——寮の親切な先輩とやらは、そんなような名前じゃなかったか？

桂は頭を起こして、眞生に咎《とが》める目を向けた。

自分との情事の余韻《よいん》も冷めないうちに、からだを半《なか》ばこちらに預けたままで、他の男と電話で話すとは。

眞生はそんな桂に気づいたふうもなく、いたって事務的に告げた。

「俺、今日は外泊しますから。寮監に伝言をお願いします」

桂は自分の耳を疑った。

——え。今、なんて？

相手が何か言っているのをねじ伏せるように、眞生はやや声を高くした。

「ええ、わかってます。罰《ばっ》当番は明日やります。はい、じゃ、そういうことで」

ピッと通話を切ると、眞生は携帯を枕元に放り出した。やれやれといった様子で、その場にぱたりと突っ伏す。

かと思うと、はっと顔を上げた。そして桂を振り返り、おずおずとお伺《うかが》いをたててきた。

「すいません、桂さんに訊《き》きもせんで。……俺、泊まっていいすか」

もちろん、と軽く返すつもりが、なぜか喉が詰まった。無言で眞生のからだを引き戻し、きつく抱きしめる。

「桂さん……？　んっ……」

長い口づけから解放されたとき、眞生は申しわけなさそうに言い出した。

「俺、明日も朝練があるんで早く出るけど、桂さんを起こさんように、気をつけるけん」

桂は、ものわかりよくうなずいた。

だが心の中では、明日は必ず眞生より先に起きて、腕の中で目覚めるいとしい顔を眺《なが》めようと決めていたのだった。

あとがき

いつき朔夜

こんにちは、いつき朔夜《さくや》です。初めましての方も、これまで読んでくださっていた方も、どうぞよろしく。

突然ですが、皆さんは「筋肉」はお好きですか。どんな筋肉が好ましいですか。

私は筋肉が大好きです。

バレエやダンスを鑑賞するときも、音楽やストーリーはもちろんですが、生きた肉体が躍動《やくどう》することそのものに感動をおぼえます。

スポーツもそうです。

サッカーのルールは、じつはあまりよく知らないのですが、W杯の日本戦は全部観ました。選手たちの鍛《きた》えられた肉体が、ラフなプレーでぶつかりあうのが、こたえられませんでした。

そういえばプロ野球でも、乱闘《らんとう》シーンが好きでした。ボクシングも、一度ナマで見てみたいと思っています。

これって、筋肉というよりバイオレンスが好きだということかも。自分の趣味に、ちょっと疑問を抱《いだ》いてしまいます。

そして、筋肉が好きだというわりには、登場人物に占める「スポーツマン」の比率はあまり高くないのです。はっきり「アスリート」として描かれているのは、本作の水泳選手と競馬のジョッキーくらいでしょうか。しかも、二人とも受《うけ》。今のところ、攻《せめ》には本物のスポーツマンがいない。ちょっと不思議です。

自分の好みを分析ついでに、もう一つ。

前から気になっていたことがあります。それは受・攻の「人称」について。攻にふさわしい、あるいは受にふさわしい人称ってあるのでしょうか。

自分の作品で統計（?）をとってみようとしましたが、これがけっこう厄介《やっかい》でした。なぜなら、人間は場面や相手によって、人称を使い分けるからです。親しくなったら、「私」が「俺」になったりするので、どう計上したものか、迷ってしまいます。

でも、傾向として、攻の「俺」率、受の「僕」率が高いことがわかりました。そしてどちらも、初めのうちは「私」を使うことが多いですね。しかし、登場人物の中でも学生は、誰も「私」とは言いません。社会人の常識、ということでしょうか。

こうしていろいろ書き出しているうちに、あることに気がつきました。

それは……これまで私の書いたものの中で、自分のことを「僕」と言う攻は一人もいなかった、ということです。

本作で初登場です。桂《かつら》はずっと「僕」でした（心の中では「俺」でしたが）。狙《ねら》った人称ではないのですが、自然にそうなっていたのです。

「俺」も「私」も似合わない。それが、この困った遊び人の性格を表しているような気がします。

いつきは食べることも大好きなので、作中によく食べ物のことを書きます。

今回のこだわりは「トンコツラーメン」でした。

九州は基本トンコツです。しかし、地方によって、味付けや麺《めん》の太さというヴァリエーションがあります。

久留米《くるめ》ラーメンも、いちがいにギトギトなものばかりとも言えませんが、いつきの地元にある久留米ラーメンのお店のは、スープがあまりに濃いので箸《はし》が立つほどです。一杯食べると、翌日は体重が確実に一キロ増えていると言われる、恐怖のアンチダイエット食です。

博多《はかた》の長浜《ながはま》ラーメンは麺が細いので、トンコツでも、わりあいあっさりしていると感じます。それでもやっぱりお腹にこたえます。

親戚《しんせき》の細マッチョな男子高校生に、「ラーメンおごろうか」ともちかけて、「上限何杯？」と返されたときは仰天《ぎょうてん》しました。替え玉（博多ラーメン独特のシステム）はともかく、ラーメンは二杯以上食べるもんじゃないと思うんですが。十代の男の子って、底無しに食べるんですね。

それだけ食べて、体脂肪率《たいしぼうりつ》はひとケタ。じつに羨《うらや》ましい。

そういえば、この細マッチョくんの所属する運動部のメンバーで焼肉バイキングに行ったら、帰るときお店の人に「二度と来ないでください」とお願いされたとか。

彼らをうちの夕食に招待したら、米びつをからっぽにされそうで怖いです。と言いながら、飢《う》えた青少年にキッチンを襲われてみたい、という倒錯《とうさく》した願望を抱いてしまいます。

よく食べる筋肉質の青少年って、萌《も》えど真ん中です。


さて、「長所は胴で、短所は足です」といういつきは、太るのは得意ですが痩《や》せるのは苦手《にがて》です。一年かけて落とした体重を二ヵ月で戻したという（別に戻したかったわけじゃありません）武勇伝もあります。

なので、スイミングに通ったりもしましたが、運動するといっそうお腹が空《す》くので、あまり痩せない……というか、むしろ健康的に太ったような。

ただ泳いでいれば痩せるというものではなく、平泳ぎとクロールでは消費カロリーが全然違うというのも、スイミングクラブに通ってみて、初めて知りました。本気で痩せようと思ったら、クロールでガンガン泳がないとダメだそうです。

どの本かのあとがきで触れましたが、私は転落事故に遭《あ》って肩の骨を折ったことがあります。完治したはずでしたが、やはり後遺症《こういしょう》はあって、左の肩はある角度以上には上げられません。

腕を縦に回すクロールは、もう私には無理なのです。

桂のやっている古式泳法・横泳ぎなら、肩に負担がかかりません。息継ぎもしなくていいので、水泳の苦手な方にもお勧めですよ。

運動嫌いの私が水泳だけは好きなのは、浮力がかかるおかげで陸上よりは動くのがラクだ、という怠惰《たいだ》な理由によります。乗馬も、馬の方が歩いたり走ったりしてくれるわけですし。

というわけで（どういうわけだか）あいかわらず怠惰な私ですが、新書館の皆さまのおかげで、一瞬「何冊目だっけ」と考え込むところまで、本を出し続けることができています。

今回も、いろいろとお世話になりました。ちょうど水泳シーズン真《ま》っ盛《さか》りに出していただけて、本当によかったです。

イラストを描いてくださった北上《きたかみ》れん先生、ありがとうございました。先生の描かれた桂と眞生《まき》は、表情にもカラダにも色気が溢《あふ》れていて、ドキドキしました。

そして読者の皆さま、最後までおつきあいくださいまして、ありがとうございました。「既刊二ケタ」をめざして頑張りますので、どうぞお見捨てなく。

D E A R + N O V E L

溺れる人魚《おぼれるにんぎょ》

この本を読んでのご意見、ご感想などをお寄せください。
いつき朔夜先生・北上れん先生へのはげましのおたよりもお待ちしております。
〒113-0024　東京都文京区西片2-19-18　新書館
[編集部へのご意見・ご感想] ディアプラス編集部「溺れる人魚」係
[先生方へのおたより] ディアプラス編集部気付　○○先生

初　出
溺れる人魚：小説DEAR+ 09年ハル号（Vol.33）
焦がれる牧神：書き下ろし

新書館ディアプラス文庫

著者：**いつき朔夜** [いつき・さくや]
初版発行：**2010年 8月25日**

発行所：株式会社**新書館**
[編集] 〒113-0024　東京都文京区西片2-19-18　電話(03)3811-2631
[営業] 〒174-0043　東京都板橋区坂下1-22-14　電話(03)5970-3840
[URL] http://www.shinshokan.co.jp/
印刷・製本：**図書印刷株式会社**

定価はカバーに表示してあります。乱丁・落丁本はお取替えいたします。
ISBN978-4-403-52249-9

S H I N S H O K A N

征服者は貴公子に跪《ひざまず》く

イラスト／金ひかる

先祖代々の居城を手放すことになったパウルは……？　日本人ホテル王×ドイツ人貴族の恋♡

GIトライアングル

イラスト／ホームラン・拳

あるサラブレッドに惚れ込んだ若手ジョッキーの清見《きよみ》が、その馬主と交わした騎乗の条件とは……？

初心者マークの恋だから

イラスト／夏目イサク

仕事も恋も何もかも経験値が違いすぎる、ベテラン教師・達川《たつかわ》×新米教師・謙吉《けんきち》の恋の行方は……？

コンティニュー？

イラスト／金ひかる

妻に逃げられ赤ん坊を抱えてリストラされた絢人《けんと》は、ゲームソフト会社社長の愛人となるが……？

スケルトン・ハート

イラスト／あじみね朔生

工学部助教授の知晶《ちあき》は大学付属工場の実習助手・荒牧《あらまき》に惹かれていたが……？　大人の恋愛力学!!

八月の略奪者《ラプトル》

イラスト／藤崎一也

高校生の浩紀《ひろき》が惹かれたのは、年上の学芸員で……。きらきら眩しいティーンエイジ・グラフィティ!!

ウミノツキ

イラスト／佐々木久美子

大学生の海士《かいじ》はタイからの留学生アレンに夢中になり……。海を舞台にしたマリンブルー・ロマンス♡

ディアプラス文庫は
毎月
10日頃発売!!
定価：588円※

※一部値段が異なるものがございます。

タイミング イラスト前田とも

✤菅野 彰 すがの・あきら

眠れない夜の子供 イラスト石原 理
愛がなければやってられない イラストやまかみ梨由
17才 イラスト坂井久仁江
恐怖のダーリン♡ イラスト山田睦月
青春残酷物語 イラスト山田睦月
なんでも屋ナンデモアリ アンダードッグ ①② イラスト麻生 海

✤菅野 彰&月夜野 亮 すがの・あきら&つきよの・あきら

おおいぬ荘の人々 全7巻 イラスト南野ましろ（※②定価620円）

✤砂原糖子 すなはら・とうこ

斜向かいのヘブン イラスト依田沙江美
セブンティーン・ドロップス イラスト佐倉ハイジ
純情アイランド イラスト夏目イサク（※定価651円）
204号室の恋 イラスト藤井咲耶
言ノ葉ノ花 イラスト三池ろむこ
言ノ葉ノ世界 イラスト三池ろむこ
恋のはなし イラスト高久尚子
虹色スコール イラスト佐倉ハイジ
15センチメートル未満の恋 イラスト南野ましろ
スリープ イラスト高井戸あけみ

✤篁 釉以子 たかむら・ゆいこ

パラリーガルは競り落とされる イラスト真山ジュン

✤たかもり諫也（鷹守諫也 改め） たかもり・いさや

夜の声 冥々たり イラスト藍川さとる
秘密 イラスト氷栗 優
咬みつきたい。 イラストかわい千草

✤玉木ゆら たまき・ゆら

元彼カレ イラストやしきゆかり
Green Light イラスト蔵王大志
ご近所さんと僕 イラスト松本 青
ブライダル・ラバー イラスト南野ましろ

✤月村 奎 つきむら・けい

believe in you イラスト佐久間智代
Spring has come! イラスト南野ましろ
step by step イラスト依田沙江美
もうひとつのドア イラスト黒江ノリコ
秋霖高校第二寮 全3巻 イラスト二宮悦巳
エンドレス・ゲーム イラスト金ひかる（※定価682円）
エッグスタンド イラスト二宮悦巳
きみの処方箋 イラスト鈴木有布子
家賃 イラスト松本 花
WISH イラスト橋本あおい
ビター・スイート・レシピ イラスト佐倉ハイジ
秋霖高校第二寮リターンズ①② イラスト二宮悦巳
レジーデージー イラスト依田沙江美
CHERRY イラスト木下けい子

✤名倉和希 なくら・わき

はじまりは窓でした。 イラスト阿部あかね

✤ひちわゆか ひちわ・ゆか

少年はKISSを浪費する イラスト麻々原絵里依
ベッドルームで宿題を イラスト二宮悦巳
十三階のハーフボイルド① イラスト麻々原絵里依（※定価620円）

✤日夏塔子（榊 花月） ひなつ・とうこ

アンラッキー イラスト金ひかる
心の闇 イラスト紺野けい子
やがて鐘が鳴る イラスト石原 理（※定価714円）

✤前田 栄 まえだ・さかえ

ブラッド・エクスタシー イラスト真東砂波
JAZZ 全4巻 イラスト高群 保

✤松岡なつき まつおか・なつき

【サンダー&ライトニング 全5巻】 イラストカトリーヌあやこ
30秒の魔法 全3巻 イラストカトリーヌあやこ
華やかな迷宮 全5巻 イラストよしながふみ

✤松前侑里 まつまえ・ゆり

月が空のどこにいても イラスト碧也ぴんく
雨の結び目をほどいて イラストあとり硅子
空から雨が降るように 雨の結び目をほどいて2 イラストあとり硅子
ピュア½ イラストあとり硅子
地球がとっても青いから イラストあとり硅子
猫にGOHAN イラストあとり硅子
その瞬間、ぼくは透明になる イラストあとり硅子
籠の鳥はいつも自由 イラスト金ひかる
階段の途中で彼が待ってる イラスト山田睦月
愛は冷蔵庫の中で イラスト山田睦月
水色ステディ イラストテクノサマタ
空にはちみつムーン イラスト二宮悦巳
月とハニーベア イラスト二宮悦巳
Try Me Free イラスト高星麻子
リンゴが落ちても恋は始まらない イラスト麻々原絵里依
星に願いをかけないで イラストあさとえいり
カフェオレ・トワイライト イラスト木下けい子
プールいっぱいのブルー イラスト夢花 李
アウトレットな彼と彼 イラスト山田睦月
ピンクのピアニシモ イラストあさとえいり
パラダイスより不思議 イラスト麻々原絵里依
もしも僕が愛ならば イラスト金ひかる
春待ちチェリーブロッサム イラスト三池ろむこ
コーンスープが落ちてきて イラスト宝井理人
真夜中のレモネード イラスト宝井理人
センチメンタルなビスケット イラストRURU

✤真瀬もと まなせ・もと

スウィート・リベンジ 全3巻 イラスト金ひかる
きみは天使ではなく。 イラストあとり硅子
背中合わせのくちづけ 全3巻 イラスト麻々原絵里依
熱情の契約 イラスト笹生コーイチ
上海夜想曲 イラスト後藤 星
太陽は夜に惑う イラスト稲荷家房之介

✤渡海奈穂 わたるみ・なほ

甘えたがりで意地っ張り イラスト三池ろむこ
ロマンチストなろくでなし イラスト夏乃あゆみ
神さまと一緒 イラスト窪スミコ
マイ・フェア・ダンディ イラスト前田とも
夢は廃墟をかけめぐる☆ イラスト依田沙江美
恋になるなら イラスト富士山ひょうた
さらってよ イラスト麻々原絵里依
正しい恋の悩み方 イラスト佐々木久美子
手を伸ばして目を閉じないで イラスト松本ミーコハウス
ゆっくりまっすぐ近くにおいで イラスト金ひかる
兄弟の事情 イラスト阿部あかね
恋人の事情 兄弟の事情2 イラスト阿部あかね
未熟な誘惑 イラスト二宮悦巳
たまには恋でも イラスト佐倉ハイジ

	「屋上の暇人ども⑤ 修学旅行は眠らない 上・下巻」 「海馬が耳から駆けてゆく 全5巻」カット:南野ましろ・加倉井ミサイル(②のみ)
清家あきら Akira SEIKE	「〈運び屋〉リアン&クリス 天国になんか行かない」イラスト:山田睦月
(鷹守諫也 改め) たかもり諫也 Isaya TAKAMORI	「Tears Roll Down 全6巻」イラスト:影木栄貴 「百年の満月 全4巻」イラスト:黒井貴也
津守時生 Tokio TSUMORI	「三千世界の鴉を殺し①〜⑮」 ①〜⑧イラスト:古張乃莉(①〜③は藍川さとる名義)　⑨〜⑮イラスト:麻々原絵里依
前田 栄 Sakae MAEDA	「リアルゲーム」イラスト:麻々原絵里依 「リアルゲーム② シミュレーションゲーム」 「ディアスポラ 全6巻」イラスト:金ひかる 「結晶物語 全4巻」イラスト:前田とも 「死が二人を分かつまで 全4巻」イラスト:ねぎしきょうこ 「THE DAY Waltz 全3巻」イラスト:金色スイス 「天涯のパシュルーナ①〜③」イラスト:THORES柴本
前田珠子 Tamako MAEDA	「美しいキラル①〜④」イラスト:なるしまゆり
麻城ゆう Yu MAKI	「特捜司法官S-A 全2巻」イラスト:道原かつみ 「新・特捜司法官S-A 全10巻」イラスト:道原かつみ 「月光界秘譚① 風舟の傭兵」イラスト:道原かつみ 「月光界秘譚② 太陽の城」 「月光界秘譚③ 滅びの道標」 「月光界秘譚④ いにしえの残照」 「月光界・逢魔が時の聖地 全3巻」イラスト:道原かつみ
松殿理央 Rio MATSUDONO	「美貌の魔都 月徳貴人 上・下巻」イラスト:橘 皆無 「美貌の魔都・香神狩り」
真瀬もと Moto MANASE	「シャーロキアン・クロニクル① エキセントリック・ゲーム」イラスト:山田睦月 「シャーロキアン・クロニクル② ファントム・ルート」 「シャーロキアン・クロニクル③ アサシン」 「シャーロキアン・クロニクル④ スリーピング・ビューティ」 「シャーロキアン・クロニクル⑤ ゲーム・オブ・チャンス」 「シャーロキアン・クロニクル⑥ コンフィデンシャル・パートナー」 「廻想庭園 全4巻」イラスト:祐天慈あこ 「帝都・闇烏の事件簿 全3巻」イラスト:夏乃あゆみ
三浦しをん Shion MIURA	「妄想炸裂」イラスト:羽海野チカ
ももちまゆ Mayu MOMOCHI	「妖玄坂不動さん〜妖怪物件ございます〜」イラスト:鮎味
結城 惺 Sei YUKI	「MIND SCREEN①〜⑥」イラスト:おおや和美
和泉統子 Noriko WAIZUMI	「姫君返上!」イラスト:かわい千草 「姫君返上! ―運命を試す者―」 「姫君返上! ―聖者の花嫁となる者―」

<ディアプラス小説大賞>
募集中!

トップ賞は必ず掲載!!

賞と賞金

大賞・30万円
佳作・10万円

内容

ボーイズラブをテーマとした、ストーリー中心のエンターテインメント小説。ただし、商業誌未発表の作品に限ります。

・第四次選考通過以上の希望者には批評文をお送りしています。詳しくは発表号をご覧ください。なお応募作品の出版権、上映などの諸権利が生じた場合その優先権は新書館が所持いたします。
・応募封筒の裏に、**【タイトル、ページ数、ペンネーム、住所、氏名、年齢、性別、電話番号、作品のテーマ、投稿歴、好きな作家、学校名または勤務先】**を明記した紙を貼って送ってください。

ページ数

400字詰め原稿用紙100枚以内(鉛筆書きは不可)。ワープロ原稿の場合は一枚20字×20行のタテ書きでお願いします。原稿にはノンブル(通し番号)をふり、右上をひもなどでとじてください。なお原稿には作品のあらすじを400字以内で必ず添付してください。

小説の応募作品は返却いたしません。必要な方はコピーをとってください。

しめきり

年2回　1月31日/7月31日(必着)

発表

1月31日締切分…小説ディアプラス・ナツ号(6月20日発売)誌上
7月31日締切分…小説ディアプラス・フユ号(12月20日発売)誌上
※各回のトップ賞作品は、発表号の翌号の小説ディアプラスに必ず掲載いたします。

あて先

〒113-0024　東京都文京区西片2-19-18
株式会社 新書館
ディアプラス チャレンジスクール〈小説部門〉係